金牌小说

Awarded Novels
长青藤国际大奖小说书系

FUZZY MUD

烂泥怪

〔美〕路易斯·萨奇尔 著　赵永芬 译

晨光出版社

穿 越 成 长 的 迷 雾

如果爆发蔓延全世界的灾难，你会怎么做？

当然这只是个假设，因为危机未曾爆发，我们也无从知道真正的答案。但路易斯·萨奇尔讲的这个故事，或许会给我们一点启示。

处于灾难风暴中心的塔玛亚只是一个五年级的孩子，她身上最大的标签就是好学生：每个学期都有全勤记录、成绩优秀、遵守校规，希望一生之中都只做正确的事。但阴差阳错，每天都和她结伴上下学的马修为了躲避恶霸同学查德的挑衅，带着她走进了学校旁边的树林里。

他们对树林一无所知，更不曾预料到地上随处可见的一摊摊泥巴有着致命的杀伤力。于是，当查德追来时，塔玛亚情急之下抓起一把泥巴扔到他的脸上。随后，局面朝着任何人都无法掌控的方向发展下去——塔玛亚碰到泥巴的那只手开始起泡流血，查德第二天失踪。

当所有人都把查德的失踪怪到他自己头上时，只有塔玛亚明白，不管自己手上的伤如何，查德的脸一定比她严重十倍。她告诉自己要勇敢，要做真正该做的事，所以她又毫不犹豫地一步步走入树林，迎接成长中最艰难的挑战。更难能可贵的是，受尽查德欺负的马修，挣扎许久之后，也终于朝着树林走去，他不仅是为救死对头查德，也是为拯救曾经懦弱的自己。

三个孩子在危难重重的树林中，相互扶持，相互鼓励，彰显着成长的珍贵与勇敢的真义。

FUZZY MUD

烂泥怪

与此同时，环保部门召开的一系列秘密听证会昭示了致命泥巴出现的缘由——科技快速发展导致生态失衡，科学家研究的新能源发生突变。听证会采取一问一答的方式，回答者或是逃避真相的追索，或是一副事不关己的冷漠态度。他们并不在意蔓延全镇的灾难，而只关心如何自保，如何逃避责任。

与他们相比，孩子们身上有太多美好的品质，闪着太多人性的光辉。他们内心也有过斗争，也曾感到害怕，但在经过种种挣扎之后，他们并没有选择逃避，而是勇敢地面对，拼尽全力去做自己该做的事，希望这个世界的美好一直持续下去。他们对责任并没有太明确的概念，但一举一动都体现了责任的内涵。这真让人觉得庆幸，即便科技再发达，即便大人再冷漠，未来也掌握在孩子们手中。

作者路易斯·萨奇尔曾以《洞》一书获得纽伯瑞儿童文学奖金奖，他是编织好故事的高手，向来洞悉孩子们的心理，擅长创作校园小说。提及创作这本《烂泥怪》的初衷，他说道，科技越来越发达，人口越来越多，环境变得越来越糟，当自然与人类不能共存时，他坚信孩子比大人更勇敢、更坚强，也更懂得如何去面对，因为孩子心中始终充满光芒。

塔玛亚、马修和查德，就是这样的孩子。在灾难来临时，他们不曾退缩，而是以勇气面对成长中的灾难与挑战。最终，历经重重磨难，他们穿越了成长的迷雾，懂得了爱与温暖，满怀希望地朝未来奔跑而去。

目 录
CONTENTS
▼

▶ 1　不准走进树林　　　　　001
▶ 2　百分之百的疯狂　　　　006
▶ 3　不寻常的近道　　　　　011
▶ 4　放学后转角见　　　　　016
▶ 5　长毛的泥巴　　　　　　021
▶ 6　全世界最小的刺青　　　028
▶ 7　无处可逃　　　　　　　031
▶ 8　成倍增加的数字　　　　038
▶ 9　右手上的红疹　　　　　040
▶ 10　胆小鬼的愿望　　　　048
▶ 11　密闭的空间　　　　　052
▶ 12　塔玛亚心里的恐惧　　054
▶ 13　灾难警告　　　　　　062
▶ 14　红色的痕迹　　　　　064
▶ 15　解不出的答案　　　　068
▶ 16　不断回放的记忆　　　074
▶ 17　一辈子只做了一件坏事　080
▶ 18　学校暂时封锁　　　　091
▶ 19　往树林深处走去　　　096
▶ 20　无药可治　　　　　　099

▶ 21　看不见的东西　　101

▶ 22　第三名学生失踪　　104

▶ 23　唯一知情的人　　107

▶ 24　不可预料的突变　　112

▶ 25　落空的等待　　117

▶ 26　我知道你是谁　　119

▶ 27　逃离　　125

▶ 28　危机四伏的溪谷　　129

▶ 29　拯救塔玛亚　　135

▶ 30　世界漆黑一片　　140

▶ 31　真相即将揭晓　　145

▶ 32　未知的主宰者　　149

▶ 33　医院外的暴风雨　　152

▶ 34　惊奇的发现　　157

▶ 35　塔玛亚睁开双眼　　161

▶ 36　永远不会醒来　　167

▶ 37　下一个就是你　　171

▶ 38　拯救全世界　　177

　　　尾声　　179

　　　迟交的作业　　182

FUZZY MUD

烂泥怪

▼

1

不准走进树林

11月2日　星期二　上午　11:55

伍德中学是美国宾州希斯崖的一所私立学校，威廉·希斯以前住这里，小镇以他为名。现在这所学校有将近三百名学生就读，不过从1891年到1917年间，只有威廉·希斯、他的妻子和三个女儿住在这栋四层楼的黑棕色石头建筑物里。

塔玛亚·狄瓦娣就读的五年级教室位于四楼，很久以前这里是威廉·希斯小女儿的卧室。幼儿园区则是过去的马厩。

餐厅曾经是舞会大厅，那里是穿着优雅的男女啜饮香槟、随着交响乐团演奏而起舞的地方。天花板上仍悬挂着树枝形水晶吊灯，但最近闻起来总有一股馊掉的奶酪通心

面味道。两百八十九个五岁到十四岁的孩子，嘴里塞满了零食，说着鼻屎的笑话，牛奶洒得到处都是，还莫名其妙地大声尖叫。

塔玛亚没有大声尖叫，但她的确悄悄地惊喘了一下，同时用手捂住了嘴。

"他的胡须超级长，"一个男生说，"上面还沾满了血。"

"而且一颗牙齿也没有。"另一个男生补充道。

他们是高年级的男生。就这么听他们说话，塔玛亚就已经很激动了。不过，她实在太紧张了，根本不敢开口。她和好友蒙妮卡、希望还有桑玛一起，坐在长桌中间的位置吃午餐。其中一个男生的腿与她的腿只隔了几厘米。

"那家伙没办法吃东西，"第一个男生说，"所以他那几只狗得先帮他嚼碎食物，然后再吐出来给他吃。"

"真恶心！"蒙妮卡夸张地大叫，眼睛却闪闪发亮。塔玛亚看得出来，她这位最要好的朋友因为得到了高年级男生的注目，而跟她一样激动。

那些男生跟她们说的是一个住在树林里的疯子隐士。塔玛亚知道男生喜欢炫耀，所以对他们的话半信半疑，不过能够感受那紧张的气氛也挺不错的。

"但它们不是狗，"坐在塔玛亚旁边的男生说，"倒是比较像野狼！身子又大又黑，一口巨大的白牙，一双红色眼睛，还发着光！"

塔玛亚吓得瑟瑟发抖。

伍德中学四周环绕着树林与山丘。塔玛亚每天早上和七年级的马修·华许一起走路上学，他就住在她家正对面的第三栋房子里，在绿树成荫的街道。他们每天要走将近五千米的路往返学校，如果不绕过树林的话就近多了。

"那他吃什么？"桑玛问。

塔玛亚旁边的男生耸耸肩。"他的野狼给他什么，他就吃什么。"他说，"松鼠肉、老鼠肉或是人肉。他才不管呢，能吃就好！"

那个男生说着咬了一大口鲔鱼三明治，然后抿起嘴唇模仿那个隐士没牙齿吃东西的模样，还故意把嘴唇张得大大的再闭上，让塔玛亚看看他嚼了一半的食物。

"你好恶心！"坐在塔玛亚另一边的桑玛大声惊叫道。

几个男生全都兴奋得哈哈大笑。

有着淡金色秀发和天蓝色眼睛的桑玛是塔玛亚的好友当中长得最漂亮的。塔玛亚认为那些男生愿意跟她们说话，很可能就是为了她。男生们在桑玛面前总是爱做傻事。

塔玛亚有一对乌溜溜的眼睛，深色的短发只到脖子一半。本来她的头发比现在长很多，但是开学前三天还跟爸爸住在费城的时候，她突然心血来潮决定把头发剪短。她爸爸带她去了一家非常奢华的高级理发店，价格贵得离谱。理发师刚开始剪，她就深深地后悔了，不过回到希斯崖后，

朋友们都说她看起来既成熟又干练。

她的父母离婚了。暑假她大多跟爸爸住在费城，上学期间则每个月去那里过一次周末。费城位于宾州的另一头，与希斯崖相距大约五百千米。每次回到希斯崖，她总觉得自己不在的时候好像错过了很多重要的事。或许只是没听到好友们捧腹大笑的私密笑话，但她总是有种受到冷落的感觉，得过好一阵子才能重新融入。

"只差这么一点点，他就要把我吃下肚了，"一个看起来一副硬汉模样，留着黑色短发的方脸男生说，"我才刚刚翻过栅栏，腿就被一匹狼咬住了。"

为了证明自己不是瞎说，那个男生掀起裤管站在板凳上让女生们看他的腿。他小腿上满是泥巴，塔玛亚看见他球鞋上方的小腿上有一个小小的伤口，但那也可能是其他原因造成的。况且如果他是为了逃离那匹野狼的追赶，伤口应该在腿的背面，而不是前面。

那个男生低着头目不转睛地盯着她看，蓝色的眼睛冷峻如钢，塔玛亚感觉他似乎读出了自己的心思，看她究竟敢不敢说出口。

她吞了吞口水才说："学校规定我们不准走进树林。"

那个男生笑了，其他男生也跟着笑起来。

"你想怎样？"他挑衅道，"去告诉柴校长？"

她觉得脸颊发烫。"不会。"

"别听她的，"希望说，"塔玛亚可是个乖乖穿两只鞋子的好宝宝。"

这话很刺耳。几秒钟以前，她才因为能够跟高年级的男生说话觉得很酷，现在他们眼里的她却好像变成了什么怪物。

她试着说笑话，自我调侃一番。"看来从今以后我穿一只鞋就好。"

可是，没有人笑。

"你是有一点古板。"蒙妮卡说。

塔玛亚咬咬嘴唇。她不懂她说的话哪里有错，毕竟蒙妮卡和桑玛刚刚才骂那些男生恶心，一点问题都没有。不但如此，那些男生被女生骂恶心的时候，反倒觉得很骄傲。

规则什么时候改变了呢？她很纳闷。什么时候做个好孩子会被嘲笑呢？

餐厅另一头的马修·华许坐在一堆孩子中间，每个人都在大声笑闹。马修左边坐了一群人，右边也坐了一群，而他坐在两组人中间默默地吃自己的午餐。

2

百分之百的疯狂

阳光农场位于伍德中学西北方五十千米外一个隐蔽的山谷中，即使你看到它，也不知道那是个农场。因为那里没有动物，没有绿色的牧草地，也没有农作物——至少没有大到肉眼可见的作物在那里生长。

相反，你只会看见一列又一列无比巨大的储存槽——如果你过得了荷枪实弹的警卫，过得了顶上布满倒钩铁丝的通电围栏，过得了警铃与监视摄影机的话。即便如此，你也见不到纵横交错的隧道和连接储存槽与大实验室之间的地下管线，而且大实验室也在地下。

希斯崖几乎没有人知道阳光农场，塔玛亚和她的朋友当然也不知道。就算有人知道，对那里的状况也只有

FUZZY MUD

模糊的概念。他们或许听说过"清净生质燃料",但也并不了解它到底是什么。

一年多以前,大概是塔玛亚剪短头发升五年级的前一年,美国参议院能源与环境委员会以"阳光农场与清净生质燃料的关系"为题举行了一连串秘密听证会。以下证词即摘录自该调查听证会:

赖特参议员:你在阳光农场工作两年之后遭到开除,是吗?

马克·杭巴博士:不是那样的,不对。他们并没有开除我。

赖特参议员:很抱歉。资料上说——

马克·杭巴博士:哦,他们可能是想要开除我,但我已经先辞职了,只是没告诉任何人。

赖特参议员:明白了。

傅迪参议员:所以说你已经不在那儿上班了?

马克·杭巴博士:我再也没办法跟费兹在同一个房间里多待一分钟!那人是个疯子。我说那人是疯子的时候,就是说百分之百的疯狂。

赖特参议员:你指的是强纳森·费兹曼,清净生质燃料的发明人?

马克·杭巴博士:每个人都以为他是天才,可是做事的

人是谁？是我啊！或者至少应该说我打算去做，如果他肯让我好好做的话。他只会在实验室里来回踱步，嘴里念念有词，胳膊挥上挥下，害得我们根本不能专心工作。他还唱歌！要是你让他别唱了，他就盯着你看，好像发疯的人是你！他连自己在唱歌都不知道。他还会突然没来由地使劲朝自己的脑袋猛打一下，大声吼道："不对，不对，不对！"于是我不得不立刻停止手上的工作重新开始。

赖特参议员：是，我们听说费兹曼先生是有一点……古怪。

傅迪参议员：这也是我们关心清净生质燃料的原因。它真的是可行的汽油替代品？

赖特参议员：这个国家需要干净的能源，但它安全吗？

马克·杭巴博士：干净的能源？他们竟敢说它干净？它一点也不干净，这根本违反自然法则！你想知道现在他们在阳光农场做什么吗？你真想知道？我知道。我知道！

傅迪参议员：是，我们想要知道，所以委员会才会请你过来说明，杭巴先生。

马克·杭巴博士：博士。

傅迪参议员：你是说？

马克·杭巴博士：是"杭巴博士"，不是"杭巴先生"。我是微生物学博士。

赖特参议员：对不起。马克·杭巴博士，请告诉我们，

他们到底在阳光农场做了什么让你如此厌恶的事？

马克·杭巴博士：他们创造出一种新的、前所未见的生命体。

赖特参议员：据我所知，它是用来当燃料的一种高能量细菌。

马克·杭巴博士：不是细菌，是黏菌，人们总是把这两样东西搞混。它们都要透过显微镜才能看到，但其实很不一样。我们一开始制造的是单纯的黏菌，可是费兹却改变了它的 DNA（携带遗传信息的重要物质），创造出一种新的生命体：一种完全不合乎地球自然法则的单细胞生物。阳光农场正在培养这些人造微生物——这些极小极小的科学怪菌——好把它们放到汽车引擎里活活烧死。

傅迪参议员：把它们活活烧死？这么说会不会太激烈了，杭巴博士？我们谈的是微生物。毕竟我每次洗手或刷牙的时候，都会杀死成百上千个细菌。

马克·杭巴博士：它们的确微小，但这并不表示它们的生命没有价值。阳光农场创造这些生命体，就是为了毁掉它们。

赖特参议员：可是所有的农夫不都这么做吗？

3
不寻常的近道

11月2日　星期二　下午 2:55

放学后，塔玛亚在自行车架旁等马修。车架是空的。伍德中学的学生多半住得很远，无法骑自行车上下学。一列轿车从伍德巷的环状车道延伸到李奇蒙路，里面都是等着接孩子回家的人。

塔玛亚眼看着其他同学钻进轿车里陆续驶离学校，好希望也有人载她回家。她已经开始害怕走回家的漫漫长路，装满书本的沉重背包只会让她感到路途更加遥远。

一想起餐厅里发生的事，她的脸依然难为情地发烫。希望说的那些话让她生气，但她更生蒙妮卡的气，因为她是自己最要好的朋友，应该是站在自己这一边的。

她是个循规蹈矩的好孩子？是又怎么样？那有什么

不对？

伍德中学的教育宗旨之一就是教出品学兼优的好孩子。全校学生都必须穿学校的制服：男生穿卡其长裤与蓝色毛衣，女生穿格子裙和深棕色毛衣。毛衣上绣着的校名底下还绣了几个凸起的字：品德与勇气。

除了学习历史、数学等学科之外，伍德中学的学生也学习如何成为有品德的人。学校本来就致力于教导他们如何成为正直的人。塔玛亚读二年级的时候，就必须背诵十大品德：慈悲、整洁、勇气、同理心、优雅、谦卑、诚实、耐心、审慎与节制。今年，她学的是十大品德的同义词与反义词。

可是如果你真想做一名好学生，塔玛亚痛苦地想，大家又会摆出一副"你是什么怪物"的德性！

马修走出大楼。他的头发乱糟糟的，毛衣也七扭八歪，斜斜地挂在身上。

她没挥手。他朝她走过来，然后继续拖着步伐走过她身边，一眼也没看她。

马修定了个规矩，他们在学校的时候，不可以像朋友那样。他们俩只是不得不一起走路上学的两个小孩，绝对不是男女朋友，马修也不希望任何人误以为他们是男女朋友。

不过，令塔玛亚惊讶的是，他并没有走平常走的那条

路。通常他们会往前走到伍德巷，然后向右转进李奇蒙路。今天马修却往学校侧边走。

她调整了一下背包，然后才匆忙地赶上去和他并肩走。

"你要往哪里走？"

"回家。"他说，好像她问了一个蠢到不行的问题。

"可是——"

"我抄近道走。"他凶巴巴地打断她的话。

这简直说不通。过去三年来，他们每天都走同一条路。他怎么会突然知道一条近道？

他继续绕过学校侧边往后面走。他长得比她高，走得又快，塔玛亚努力地想跟上。"你怎么突然知道一条近道？"她问。

他停下脚步开始对她发火。"才不突然，"他告诉她，"我从小就知道了。"

那也说不通啊。

"如果你想走远路回家，那是你的事，"马修说，"没人逼你跟我一起走。"

他明明知道这不是实话。她母亲根本不准她独自走路回家。

"我不是跟你一起走了吗？"塔玛亚说。

"那就别耍小孩脾气。"马修说。

他和她一起穿过柏油路，然后走上足球场。她想，她只不过是问他如何知道这一条近道的，那怎么就叫"耍小孩脾气"了？

马修的眼睛不时地往后瞄。每当他回头一望，塔玛亚也出于直觉跟着回头，但她什么也没看到。

塔玛亚还记得在伍德上学的第一天。她二年级，马修四年级。他帮她找到上课的教室，告诉她女厕所在哪里，并亲自介绍她认识柴校长。她眼中的新学校好像一个很大很吓人的地方，马修就是她的向导兼保护人。

她从二年级、三年级一直到四年级都对他有好感，也许直到现在仍有一点依恋的感觉藏在心底，不过，最近他总是一副阴阳怪气的样子，她甚至都没把握自己还喜不喜欢他了。

过了足球场之后，路面变得凹凸不平，而且开始向下倾斜，一直斜到分隔学校与树林的金属栅栏。他们距离栅栏越来越近的时候，塔玛亚觉得心跳开始加速。空气虽然凉爽又潮湿，她却感到喉咙干燥又紧绷。

仅仅几个星期前，那片树林还怒放着点点明媚的秋天色彩。从四楼教室眺望窗外的时候，她看得见各种不同色调的红色、橙色与黄色，有些日子甚至艳丽得好像整座山都着了火。可是现在耀眼的色彩已经褪去，树林看起来黯淡又阴沉。

她真希望自己能够跟马修一样勇敢。她害怕的不只是树林，或是可能隐藏在树林里的东西，更让她怕得要死的是惹上麻烦，光是想到老师会大声训斥她，她的心里就充满了恐惧。

她知道其他同学常常违反校规，也从来没碰上什么不好的事。她班上的同学要是做了什么不该做的事，费老师就会告诉他们别再犯错了，然而第二天他们还是照做不误，结果仍然没事。

话虽这么说，她却很有把握，只要她走进树林，肯定会碰上什么可怕的祸事。柴校长可能会发现，然后勒令她退学。

有一小块岩石地面较为低洼，在金属栅栏底下形成一个窟窿，大小足够一个人钻过去。塔玛亚眼看着马修解下背包，然后钻过窟窿。

她也解下背包。费老师说过，勇气的意思只是假装勇敢罢了。"说到底，如果你天不怕地不怕的话，那就没有什么需要勇敢面对的事了，不是吗？"

塔玛亚假装勇敢，把背包推过窟窿。这就不能回头了。

现在谁是循规蹈矩的乖孩子啊？她想。

她扭动身子钻过栅栏，小心不让毛衣被钩到。

4

放学后转角见

马修·华许才不像塔玛亚想得那么勇敢。

以前他有很多朋友，也喜欢上学。他六年级加入了乐团，教音乐的罗老师曾在他的成绩单上写下评语，说他虽然天分不足，却是满腔热忱。

马修的低音号吹得热情洋溢。

如今他对任何事都不热心了，每天只有更多的痛苦与羞辱，这一切都是从班上的新同学查德·希里葛斯开始的。

选择在伍德中学就读只有两个理由。要么是他们非常聪明，要么是家里非常有钱。塔玛亚是个聪明的小孩，马修则介于两者之间。他的父母并不富有，但都有不错的工作，且认为教育极为重要。于是，他们牺牲其他方面的花

费，比方说减少全家度假和去饭店吃饭的次数，以此供马修读伍德中学。

查德·希里葛斯上伍德中学的原因却截然不同。他在过去两年遭到三所学校开除。被指派来辅导他的社工认为，倘若他置身于比较积极正面的环境，而且按规定非穿制服不可的话，可能就不会再跟人打架，从而变得比较认真主动地学习。如果他父母不同意花钱送他上伍德中学，他就不得不到收留青少年罪犯的学校就读。

因此到了9月，查德和其他同学一起来伍德中学上学。马修班上的男生对查德敬畏有加，女生尽管有点怕他，似乎也受到吸引。今年一开始的几个星期，马修也跟其他人一样爱听他说东道西，且频频点头赞成，被他讲的笑话逗得哈哈大笑。

有些人很害怕被学校开除，查德反而大肆吹嘘。

"我四年级的老师总是找我麻烦，害我日子不好过，所以我就把她锁在衣橱里。"

"那她出来的时候怎么修理你？"

"才没有。她到现在还关在里面。"

马修跟着大家一起笑得很开心。

查德自称他已经被五所学校开除，不只是三所而已。他总有新鲜的故事可说，听起来应该都是他做过的事。他惹上的麻烦越多，大家似乎越佩服他。

马修还记得查德什么时候突然开始看他不顺眼，那时查德说到自己骑摩托车上学。

"有人看见你吗？"葛文问。

"当然啊，所有人都看见了，"查德答道，"我骑上学校的阶梯，一直骑进了校长办公室！"

"太扯了！"马修惊呼道。

查德停止说话，然后慢慢转向马修。

"你说我骗人？"

大家顿时变得非常安静。

马修完全不是那个意思。其实他的意思就是在惊讶地说："太帅了！"

"不是。"

"你们都听见了，"查德说，"他说我骗人。有人觉得我在骗人吗？"

马修拼命解释，但查德那严酷冰冷的目光把他微弱的话语切成了碎片。

那天一直到放学，那种目光似乎紧盯着马修不放。马修也不知道究竟是为什么，但大家似乎一个个都看他不顺眼了，过程虽缓慢，却毫无疑问。

"你想站在哪一边？"查德会这么问同学，"你要不跟我，要不就跟那小子一伙。"

一开始马修还想假装一切没事。他会走到一群朋友跟

前，无论他们在做什么，他便加入他们的阵容，可是只要查德瞄他一眼，他就会立刻难为情地低头走开。

不管他走到哪里，都能听见背后有人窃窃私语，而且他走在走廊上时，被人故意撞到的情况也越来越多。于是，他渐渐不敢在班上举手发言，成绩也退步了。考试时，他常常觉得查德灼热的目光死死地盯着他的后脑勺，所以他的脑袋里便成了一片空白。

在其他学校里，七年级的学生每堂课都要跑教室上课，这样一来马修和查德可能只有一两节课在同一间教室。不过伍德中学七年级只有四十一名学生，所以倒霉的马修除了最后一节拉丁文课以外，每节都得跟查德在同一间教室上课。

马修有一对四岁双胞胎弟弟妹妹。之前有朋友也有许多事可做的时候，他总是很高兴在必要的时候照顾他们，甚至在不必要的时候也一样。丹妮和艾瑞克喜欢假装自己是马戏团里的狮子，蹲趴在厨房的吧台椅上吼叫，马修则充当驯兽师。

自从失去朋友之后，马修再也不喜欢跟弟弟妹妹玩了，这让他觉得自己是个没用的窝囊废。当父母问他成绩为什么退步时，他就怪到这对双胞胎头上。"他们一天到晚对我狮吼，我怎么读书？"

他对塔玛亚也是一样。学校每个人都在找他的茬儿，

他却把闷气全部发泄在唯一对他好的人身上。他听见自己对她说的那些刻薄话后，也非常恨自己，但似乎就是无法住口。

最近马修的日子已经够难熬了，今天甚至更糟。他在课堂上回答了一个问题，但是之前答错的人刚好是查德。

之后，他正要上楼去上拉丁文课，查德从后面抓住他，把他拽下三级台阶。

"听着，我们需要彻底解决。"

"解决什么？"马修勉强跟他理论。

"放学以后，我们在伍德巷和李奇蒙路的转角见，"查德告诉他，"你最好给我出现，你这个吮大拇指的胆小鬼！"

马修和塔玛亚走路回家的时候，总会经过那个角落。这条路他们已经走了三年，今天他却告诉她说，他知道一条近道。

5

长毛的泥巴

等塔玛亚终于钻到栅栏的另一边，马修已经消失在树林里了。她捡起背包匆匆追赶，边跑边伸出胳膊背上背包。她低头躲过一根低矮的树枝时，总算看见他正爬上一个圆石小丘。"等等我！"她喊道。

他翻过小丘后再一次从她的视线中消失。

她手忙脚乱地爬过小丘时撞到膝盖，而他在另一端等她，两手插在腰上，一脸老大不高兴的样子。"如果我老是得停下来等你慢慢逛，走近道又有什么意义？"

"我才没有慢慢逛。"塔玛亚很坚持。

"好，那就走快点。"马修说着一转身又迈开大步走了。

他俩循着在大树之间一条弯弯曲曲的小路走时，她跟

紧了他。前一个晚上才下过雨，塔玛亚的球鞋鞋底沾满了淋湿的叶子。树叶不断地在他们的四周落下，这里一片、那里一片，轻轻向下飘落。

他们或许是在哪里拐错了弯，因为一会儿之后，塔玛亚确定他们走的根本算不上什么小径。她不得不奋力穿过纠缠交错的枝干，紧跟着又必须跨越一堆茂密的多刺树丛。

"你看我们要不要掉头回去？"她建议。

马修的回答简短又直率："不要。"

塔玛亚假装很勇敢，但任何细微的声音都会吓得她的心脏一阵狂跳。她继续往茂密的荆棘植物中挺进，后来又必须双手双膝着地，从一根非常低矮的树干底下钻过去。"这是条近道吗？"她站直身子的时候问道。

马修没有回答，只是继续往前走。

她的袜子被扯破了，裙子粘上了一块块泥巴。她不知道该如何向妈妈解释这些。撒谎是不能做的事，她绝对不向妈妈撒谎。

她读一年级的时候爸妈离了婚，当时他们住在费城的一间公寓里。现在她爸爸已经搬到另一间公寓里了。

即使在那个时候，大家也总是说她有多么聪明，这让她很惊讶，因为她很少花心思去想自己聪不聪明。她就是她，如此而已。她做过一次能力倾向测验，之后妈妈就带她一起搬到了希斯崖，好让她就读伍德中学。

但对于爸妈的事，她却很不聪明。她不明白他们为什么分开，又为什么不能复合。妈妈离婚以后似乎伤心了好久。上次她去爸爸那里时，爸爸又对她说："你知道我还是很爱你妈妈。我永远都爱着她。"可是当她把那些话告诉妈妈，又建议或许他们应该再住在一起的时候，妈妈却又伤心起来了。

"那是永远不可能的。"她告诉塔玛亚。

即使是现在，正当塔玛亚生怕她和马修可能永远迷失在树林里时，她仍忍不住想，如果她真的失踪，说不定她爸妈会一起来找她。她想象他们找到她时会是什么情景，他们会如何互相拥抱。就在那一瞬间，一只小动物突然一溜烟窜过她面前。

她停下脚步。"那是什么？"她问马修。

"什么是什么？"

"你没看见吗？"她怀疑那会不会是狐狸，"刚刚不知道什么动物跑过去，还踩到了我的脚！"

"所以呢？"

"所以，没事。"她低声含糊地说。她不懂为什么他说话一定要那么恶劣。

他们走到一棵倒下的老树前面，老树的树皮多半已经烂掉。马修爬上树干，然后朝东南西北望了一圈。"嗯。"他喃喃说道，又回头看了一眼他们刚刚走过的路。

"我们是不是迷路了？"塔玛亚问。

"没有。"马修仍然死不承认，"我只是想搞清楚我们现在在哪里。"

"你说你知道一条近道！"

"我是知道，"他回答，"我只是必须找出它到底从哪里开始而已。等我一找到起点，手指一弹，我们就回到家了。"说完他弹了一下手指，仿佛那就是证明一样。

塔玛亚等着。她听见身后传来一阵噼里啪啦的声音，可是当她回头的时候，却什么也没有看到。

马修从树干上一跃而下。"走这边！"他宣布说，一副完全清楚该往哪里走的模样。

塔玛亚急忙绕过枯树跟着他走，她别无选择。

他们走下山坡来到一个深谷，再顺着深谷往上攀。塔玛亚每跨出一步，仿佛背包也会变沉重一点。她总觉得自己听见后面有什么东西或什么人，可是她每次回头张望，却什么也看不到。

马修仍然走得很快，她不时以小跑步跟上，但一会儿又落后了，而且变得越来越难赶上。

她上气不接下气，眼看着走在山坡上的马修一转弯又不见了，于是她稍稍挪了挪背包的位置，挤出所剩不多的力气，再一次努力跑步跟上。

不知什么东西从后面一把抓住她，她觉得穿着的毛衣

被拽着，勒紧了她的脖子，勒得她快要窒息。

她挣脱后尖叫一声跌在地上。等她翻身抬起头来，根本没看到任何人——没有发疯的隐士，没有沾了鲜血的胡子，只有一根枝丫尖细的树干。

马修匆忙奔过来看她。"你还好吧？"

她觉得实在难为情透了。"我只是摔了一跤。"她说。

她明白一定是她的毛衣钩住了树枝。如此而已。

马修仍然低头看着她。"我真的很抱歉，塔玛亚。"他终于说道。

他好像真的很担心。

"我看到山丘上有一块突出的岩石，"他告诉她，"你在这里等我一下，我要爬上去。从那上面应该可以看得很清楚。"

"不要丢下我。"她请求他。

"不会的。我保证。"

他卸下背包放在她身边。"我马上回来。"

她目送他再度爬上小丘，绕一个弯后又不见踪影。她卸下自己的背包跟他的放在一起。她已经累得走不动了。

她脱掉毛衣想看看扯坏到什么程度，这才发现比她想象得更严重。在她右边肩膀上面一点的地方，有个几乎像她拳头那么大的破洞。她完全不知道该怎么向她妈妈解释。

尽管伍德中学会给她一笔全额奖学金，但妈妈仍然必

须花钱给她买学校制服。那件毛衣九十三元。

不公平。

塔玛亚非常喜欢学校的制服，但她绝不会向任何一个好友承认。蒙妮卡、希望和桑玛觉得穿上制服简直像个傻子。为了每个月最后一个星期五的便服日要穿哪件"真正的衣服"上学，她们可以一直说呀说，说得没完没了。可是塔玛亚穿上那件有"品德与勇气"和"1924"金色字样的毛衣，总是感到骄傲无比。它让她觉得自己很重要，像是历史的一部分。

反复思量这件事和其中各种不公平的时候，塔玛亚发现自己正呆呆地望着很大一摊表面长了一层绒毛的泥巴。起初她还没清楚意识到它的存在，可她越是端详那摊怪里怪气的泥巴，越是忍不住多看两眼。

那深色的泥巴犹如沥青。在它表面上方一点点，有一层毛茸茸的黄褐色浮垢，几乎像是悬浮在半空中。

那长毛的泥巴还有一点让她觉得奇怪，但过了一会儿她才明白是哪里奇怪。那摊泥巴上没有一片落叶。枯叶掉得满地都是，遍及那摊泥巴的四面八方，包括泥巴的边缘。可是不知为什么，怪泥巴上竟没有一片叶子。

她抬头往山丘上眺望，还是看不到马修的身影。

她的目光回到长毛的泥巴上。枯叶可能已经陷进泥巴里面了吧，她想。可是那块泥巴似乎太过密实，树叶根本

掉不进去。她怀疑会不会是那长毛的浮垢把树叶扫到一边去了呢？

噼里啪啦的声音从下方传来，她转向那声音，又听见有个东西正在树间移动。

她伸直一条腿站起来准备要跑，随即瞄到一个身穿蓝色毛衣和卡其长裤的身影。那是她学校里男生的制服。

她站起来挥动手臂。"嘿！"她扯着喉咙大喊。

那身影不动了。

"在这里！"她又喊。

对方朝她走过来的时候，她才认出那个人是餐厅里坐在她隔壁，也就是站在板凳上说有一匹狼在他腿上咬出一个洞的那个男生。虽不确定，但她想他的名字大概是查德。

她回头往山丘上大喊道："马修！马修！我们有救了！"

6

全世界最小的刺青

以下是阳光农场秘密听证会的另一段摘要：

赖特参议员：据我所知，你发明清净生质燃料的时候还在上大学？

强纳森·费兹曼：哦，也不完全是。我以"洁能小子"这个构想写的一篇报告成绩很差，所以我休学了，然后在我父母的车库里继续做实验。他们对这件事挺不高兴的，你应该明白我的意思。

赖特参议员：费兹曼先生，可不可以请你回答问题时，两只手臂不要老是挥来挥去？

强纳森·费兹曼：我在挥动手臂吗？抱歉。我没办法

坐太久，我走动的时候思绪比较清楚。

赖特参议员：你说的这个"洁能小子"究竟是什么？

强纳森·费兹曼：（笑声）我只是这么叫那些小家伙罢了。"洁能小子"是一种单细胞，或称高能量微生物。简直酷毙了！如果你们想看看它长什么样，我手臂上就有它的刺青，完全一模一样。

傅迪参议员：我什么也看不到。

马奇参议员：我也是。

强纳森·费兹曼：哦，我说了，完全一模一样。（笑声）全世界最小的刺青！（笑声）要用电子显微镜才看得到。

赖特参议员：每一加仑[1] 清净生质燃料里都有一百多万个这种"洁能小子"？

强纳森·费兹曼：一百多万个？一兆多个还差不多，或者一百万的四次方个。或是，我也不知道，比它更大的数字是多少。多到算不清楚！

赖特参议员：请尽量控制一下你的手臂，费兹曼先生。

强纳森·费兹曼：抱歉。我办公室里连张办公椅都没有。我非得到处走动才行。

傅迪参议员：所以说，你已经不在你父母的车库里工作了？

---

[1] 容积单位，分英制加仑和美制加仑。此处指美制加仑，1 加仑约合 3.79 升。（本书若无特殊说明，皆为编者注）

强纳森·费兹曼：没错，现在我有一间很棒的实验室。我的生物学教授可能不觉得"洁能小子"有什么了不起，其他人却不然，比如一些非常有钱的人。

傅迪参议员：阳光农场生产一加仑洁净生质燃料的成本是多少？

强纳森·费兹曼：我不是生意人。我是那个叫什么来着？凭空想象一切，并且想办法做到的人。不过，制造出第一加仑的燃料，我们大概花了五亿元。

赖特参议员：五亿。那第二加仑呢？

强纳森·费兹曼：差不多一毛九吧。

▽ 7

无处可逃

"小心别踩到那个。"塔玛亚警告正绕过那摊怪泥巴走过来的查德,"你觉得那个长毛的怪东西是什么?"

查德盯着她看的样子,活像是她满嘴说的都是外国话。他朝地上吐了一口口水,盯着她的眼睛不客气地问道:"马修在哪里?"

查德说话的口气很冲,但他是她唯一的希望,所以她不得不亲切地对待他。"他爬上那边的小丘想找到回家的路。我们迷路了。听见你走过来的声音,我还以为是你说过的那个隐士,后来看见你的蓝色毛衣,我才……"她耸耸肩露出微笑。

查德又往地上吐了一口口水,然后经过她身边朝马修的

方向走去。看见马修出现在半山腰，他又停下了脚步。

马修看见查德的时候，只迟疑了一秒钟，就又继续走下山坡，仿佛一点事也没有。"嘿，查德。"他说。

塔玛亚感觉到事情不大对劲。她从马修的声音中听得出来。

"我等了你好久。"查德说。

"我知道，"马修说，"我正要去找你，可是塔玛亚说她知道一条穿过树林的近道。我能怎么办？我得陪她一起走路回家。"

"我妈不准我一个人走。"塔玛亚解释道。

查德看了她一眼，然后又将目光转向马修。"我在那个角落等了你半天，你当我是傻瓜？"

"不是。"

查德朝他步步逼近，然后把他往后推了一把。"你觉得我很笨，是不是？"

马修重新站稳。"没有。"

查德突然再度凶猛地对他动手。他猛挥一拳击中马修的脸，接着又打中他脖子的侧边。

塔玛亚大声尖叫。

马修想要保护自己，但查德又开始揍他。

"不要打他！"塔玛亚大吼。

查德怒眼瞪她。"下一个就是你，塔玛亚。"他说。

马修试着要站起来，但查德的膝盖压住他的脑袋，他又倒下了。

塔玛亚想也没想，那只是她当下的反应。

她的手伸进那摊长毛的泥巴，抓起一把稠乎乎又黏乎乎的淤泥。她奔向查德，当他转过身来看她的时候，她就把泥巴丢到了他脸上。

他朝她飞扑过来，可她手脚非常快，迅速往旁边跨出一步。

查德脚步蹒跚地走过她身边，随即就弓起身子用双手捂住脸。

好一会儿，塔玛亚害怕得压根儿不敢动一下。

马修从地上爬起来，一把抓起两人的背包喊道："快跑！"

塔玛亚使出浑身的力气拔腿就跑，能跑多快就跑多快，能跑多远就跑多远，跑到她的肺快要爆炸为止。她不知道马修有没有看见回家的路，也不知道他俩会不会越跑越深入树林。她管不了那么多，只要离查德越远越好。

正当她在飞跑的时候，一只脚被缠成一团的藤蔓绊倒，接下来整个人呈大字形趴在地上。她的心脏狂跳，两手因为跌倒而感到疼痛无比。她深呼吸了好几次，拼命想让自己爬起来，但怎么也使不上劲。

她实在不敢回头看后面。

马修听见她摔倒之后就不再跑了。她看见他朝她往回

FUZZY MUD

走，手中仍抓着两个背包。从他走路的样子看，她猜查德应该没靠太近。她转身一看，确定没有查德的踪影。

马修走到身边的时候，她勉强拖着身子坐起来。

"你还好吗？"

"大概吧。"

她刮伤了膝盖，正在流血。她的左腕也在摔倒时受伤，但她觉得应该没什么大碍。再说马修比她伤势更严重，他鼻子底下的血迹和鼻涕已经干掉，脸上流着大颗大颗的汗珠。

"你想他还会不会追上来？"她问他。

"看不到他在哪里。但就算今天不追来，明天也逃不掉。"

塔玛亚知道此话不假。查德说过的话还在她脑中回响。"下一个就是你，塔玛亚。"那是她把泥巴扔到他脸上之前他说的。

她站起来，从马修手中接过她的背包。他俩继续顺着原路走。

"是这条路吗？"她问，"刚才你在山丘那边有没有看见什么？"

"其实没有。"马修说。

"你到底做了什么，惹他那么生气？"

"我在班上回答了一个问题。"

塔玛亚听不懂。"那又怎样？"

"七年级是不同的，你不能一副什么都懂的样子。"

天色渐渐黯淡下来，塔玛亚担心过不了多久他们就什么也看不清楚了。

"你看，有烟！"马修说。

"哪里？"

"是烟囱里冒出来的。"他告诉她。

她循着他指的方向看过去，便看到灰色天空中飘着一缕灰烟。

他们匆匆朝它走过去，但塔玛亚心里明白，灰烟可能来自那个疯隐士的家。她觉得他俩好比是童话故事中的韩塞尔和葛雷特，即将走向邪恶女巫的糖果屋。

不过，他们距离那烟囱越来越近的时候，她才发现，原来那里不只有一间房屋，而是整条街的房子，家家门前都有汽车与草坪。

他们跨过一截矮矮的金属屏障走上马路。塔玛亚好想匍匐在地亲吻沥青路面，不过说不定马修会觉得这么做太怪异了。

她回头看了一眼身后的路标，上面写着"死巷"。

他们走出树林的同时，路灯亮了。塔玛亚建议他们敲敲门，看有没有人愿意开车载他们回家。但马修说不需要，他认得路，不远。

塔玛亚的右手开始觉得有些刺痛，她用左手轻轻揉了

几下。其实那不是痛的感觉，而是类似起水泡，仿佛刚刚开罐的汽水。

$2 \times 1 = 2$

$2 \times 2 = 4$

8

成倍增加的数字

以下是强纳森·费兹曼于参议院秘密听证会上更多的证词：

马奇参议员：抱歉，费兹曼先生，可是我的脑子实在很难理解这一切。你说每加仑清净生质燃料都含有超过一兆个"洁能小子"在里面。

强纳森·费兹曼：比那多得多。

马奇参议员：这些是人造有机体，对吗？所以你怎么可能制造出那么多呢？

强纳森·费兹曼：（笑声）你说得对，的确不可能。我只需要制造一个就好。

马奇参议员：我不懂。

强纳森·费兹曼：一个可以自我复制的"洁能小子"，那才是困难的部分，为此我花了好长时间。我制造的头几个"洁能小子"在细胞分裂过程中活不下去，那些可怜的小家伙不断爆炸。

马奇参议员：爆炸是什么意思？

强纳森·费兹曼：砰砰！（笑声）在我们的实验室里可以观看电子显微镜投射到超大计算机屏幕上的画面。真的很酷！每次我的"洁能小子"进入细胞分裂阶段的时候——砰砰！——看起来像极了 7 月 4 日的国庆烟火。

赖特参议员：可是，我猜你最后还是制造出了一个不会爆炸的"洁能小子"？

强纳森·费兹曼：一个完美的"洁能小子"。我花了两年半的时间，耗资五亿元，但我们做到了。一个小小的"洁能小子"。三十六分钟后，我们就有了两个。第二个是第一个一模一样的复制品。再过三十六分钟，四个。然后八个，再然后十六个。每过三十六分钟，数量就成倍增加。

马奇参议员：即使如此，要造出一加仑含有好几兆"洁能小子"的清净生质燃料，还是得花上好几年的时间。

强纳森·费兹曼：没有的事。你算算就知道。只要十二小时，我们就有一百多万个小家伙，到第二天下午，就已经一兆多了。(唱歌)一个小小、两个小小、三个小小"洁能小子"，四个小小、五个小小、六个小小"洁能小子"。

9

右手上的红疹

11月2日　星期二　下午　5:48

塔玛亚快走到家门的时候，踩到了人行道裂缝中一丛丛长出来的杂草。马修选择愚蠢"近道"害她晚了两小时才到家。当然，她明白其实根本没有什么近道，但那也是最最愚蠢的部分。如果他怕查德的话，走平常的路会比较安全，起码路上会有来来往往的人和车。

屋里黑蒙蒙的。她妈妈偶尔加班到很晚，塔玛亚衷心盼望今天就是那样。

她把家门钥匙挂在脖子上戴着的钥匙链上，可是当她伸手去摸的时候，只摸到空空的链子。慌乱中那条链子差点被她扯断，她把它转了一圈，总算找到了钥匙。

如释重负的她大大叹了一口气，不知道钥匙怎么扭到

脖子后面去了，但她仍然知道自己的麻烦还没结束。

她打开门。"哈喽？"她边开门边喊道，"我到家了！"

没有人回答。目前一切顺利。没人问，就不必撒谎。

塔玛亚随手开灯的同时快步穿过屋里走到自己的房间。家里的房间都小小的，每间刷的都是鲜艳、大胆的颜色，红蓝相间的厨房、黄色的客厅和绿色的走廊。塔玛亚的房间是蓝绿色的，衣橱门和窗框则是黄色的。她把背包一丢，倒在床上，但只躺了一会儿。

她的右手还是有刺痛的感觉。她走进浴室，在灯光底下细看，只见手掌与指头上布满了一颗颗凸起的小红点。

她用抗菌香皂与热水——热到她忍受极限的水——洗手，再用毛巾清洗胳膊和腿上的泥巴与血迹。

她往膝盖上贴创可贴的时候，电话铃响了起来。她怀疑妈妈已经试着给她打了好久的电话。她冲进妈妈的房间，赶在铃响第四声之前接起电话。

"哈喽？"

"嗨，亲爱的，今天我会忙到很晚，真抱歉。"

"没关系。"她说，罪恶感在全身的血管中窜流。

"晚上吃比萨好不好？"

"很好。"

"你还好吧？"

"我很好。"塔玛亚说，拼命让自己的声音听起来正常。

"蘑菇、青椒和洋葱口味好吗？"

"不要洋葱。"

"我请他们只在半边比萨上放洋葱就好。"

虽说塔玛亚明知哪怕只有一半放洋葱，她那半边的比萨闻起来照样有洋葱味，不过她没跟妈妈争执。

"我会尽快赶回家。爱你。"

"我也爱你。"塔玛亚说。她等着电话另一端"咔嚓"一声才挂断。

她贴好创可贴，然后回到房间换下脏衣服，穿上她的法蓝绒睡衣裤。她觉得妈妈应该不会因此起疑。最近夜里比较冷，她和妈妈都喜欢换上柔软舒适的睡衣，不过通常是在晚餐过后。她们会喝杯热热的苹果汁，如果不是一起看电视，就是并肩坐在一起各忙各的，最近常常是这样。

她兜起她的脏衣服用洗衣机洗。

她自己洗衣服也没什么值得怀疑的。早在去年参加蒙妮卡的生日派对那天，为了穿她最爱的那件紫色上衣，她就已经自己洗衣服了。有一回马修和他妈妈来到家里，塔玛亚的妈妈说："我猜要是塔玛亚等我来洗她的衣服，那她恐怕非得光着身子上学不可。"

那时塔玛亚觉得好尴尬，也为妈妈当着马修的面说的话窘到无地自容，于是她跑回自己房间，硬是等马修和他妈妈离开之后才肯出来。哪怕是现在想起来，她也忍不住

脸红耳赤。

她把脏衣服丢进洗衣机、加入肥皂、设定温度，然后启动。听着水流哗哗的声音，她觉得自己有点像成功销毁所有犯罪证据的杀人凶手。

她的右手依然刺痛得要命。她走进妈妈的浴室，在抽屉和橱柜里东翻西找，也不确定自己到底在找什么。随后，她看见一个蓝色罐子，上面写着"修复护手膏"之类的，还标明干燥、皲裂及发炎皮肤专用。

她拧开盖子，用手指沾了一些白色油膏，然后涂抹在凹凸不平的红肿皮肤上，凉凉的感觉很舒服，似乎立刻奏效。右手看起来没那么红肿了，感觉也没那么刺痛了。

她听见对面墙壁外，车库门打开时喀喀喀喀的声音。她妈妈到家了。

$$2 \times 4 = 8$$
$$2 \times 8 = 16$$

她妈妈放下比萨，在塔玛亚的脸颊上吻了一下，然后说："你先吃，我得回一封电子邮件。"

比萨闻起来都是洋葱味。塔玛亚不得不挑起几根越界的洋葱丝，才敢把那片比萨放进自己的盘子里，而且非得用左手才行，免得修复护手膏沾到她的食物。

一封电子邮件变成六封，但塔玛亚并不在意。妈妈越是忙于工作，她需要回答的问题也就越少。

妈妈读电子邮件的时候做好了沙拉。她很少同时只做一件事。

"费老师喜不喜欢你的报告？"她把沙拉放在餐桌上的时候问道。

"我们时间不够，"塔玛亚告诉她，"还没轮到我报告。"

"真可惜，"她妈妈说，"你花了那么多工夫。"

妈妈的眼睛和头发跟塔玛亚一样，颜色都很深，但她的皮肤较白，喜欢穿色彩缤纷的衣服。她绿色的眼影跟上衣很搭。

塔玛亚耸耸肩。"我明天才报告，反正没有人在乎卡尔文·柯立芝总统[1]。"

塔玛亚比较喜欢报告别的总统，可是等到最后费老师在抢着说话的学生中叫到她的名字时，杰出的总统都被挑光了。

每次都是这样。塔玛亚安静地坐在位子上举手，别人却争先恐后地大喊大叫。"我要选林肯。"然后又一个人说要选华盛顿。尽管费老师早就交代全班"安静坐着等我叫名字"，她却仍然把杰出的总统指派给那些嗓门大的同学。

---

[1] 卡尔文·柯立芝总统，美国第三十届总统，任期1923~1929年。——译者注

终于轮到塔玛亚的时候，费老师建议她挑选柯立芝总统。"他跟你很像，塔玛亚，"她这么说道，"他们称他为'安静的卡尔'，因为他以安静出名。"

从费老师说"安静"的方式来看，仿佛安静不太正常似的。刚刚叫大家安静坐着的人是你呀，塔玛亚心想。

晚餐后，塔玛亚和妈妈并肩坐在客厅沙发上工作。电视机开着，但她俩几乎没在看。妈妈腿上放着笔记本电脑，塔玛亚的报告放在茶几上的历史课本旁。

她不可以完全在网上查资料。伍德中学禁止学生使用平板电脑和智能手机。柴校长希望学生以传统的方法查阅资料，哪怕是计算器也不准碰。

塔玛亚的妈妈从电脑屏幕前抬起头来，问她晚餐后有没有洗手。"你手上沾了比萨酱料。"

塔玛亚低头看她的手，那才不是比萨酱料。虽然涂了妈妈的护手膏，但皮肤上的红点又肿起来了，而且变得更大，数量好像也更多了。她又开始感到刺痛，但一直到现在才有感觉。

她再也瞒不了妈妈。"不是比萨酱料，"她说，"大概是起了什么疹子。"

塔玛亚伸出她的手。

她和妈妈认真思考的时候，都有咬下嘴唇的习惯。妈妈细看塔玛亚的红疹时就咬着下唇。

"感觉也好奇怪。"塔玛亚告诉她。

"你知道这是怎么引起的吗？"

"放学以后才注意到的，"她只能这么说，她答应马修绝对不会把树林里的事告诉她妈妈或任何人，"我涂了一点你的药膏。"

"什么药膏？"

"修复护手膏？蓝色罐子？"

"很好，"她妈妈说，"我常常用。药效绝对神奇。"

塔玛亚听了很高兴。

"明天早上我要开一个会，"她妈妈告诉她，"但是，如果需要的话，我可以取消，然后带你去看桑切士医生。"

"不用，没那么严重，"塔玛亚说，"上床睡觉以前，我再多抹一点那个护手膏。"

"明天一大早我们再看看疹子有没有好一点。"她妈妈说。

* * *

过了一会儿，塔玛亚又觉得或许应该让妈妈带她去看桑切士医生，这样至少不必担心查德在上学的路上突击她。

"下一个就是你，塔玛亚。"

话虽如此，一个七年级男生真会在到处有老师的学校里痛揍一个五年级女生吗？她很怀疑。查德大概只会推她

一把或什么的，到时候她就可以把扯破的毛衣怪在他头上，他的父母就得给她买件新毛衣。这话其实是有几分真实的，要不是查德，她的毛衣也不会扯破一个洞。

她又仔细检查了一下毛衣上的破洞，然后动手尽量把脱落的毛线重新穿回洞里，那样看起来好像没那么显眼了。

塔玛亚早上不想去看医生还有一个理由，这是她从来不肯跟好友承认的。

她从来没有请过一天假。每学年结束的时候，她都会拿到一张全勤证书。那些证书对她的意义已经不如二三年级时那么重要，不过她依然不愿意破坏她的全勤纪录。

上床之前，她许愿自己的手会好起来，这个晚上她也一并为查德·希里葛斯许愿。她并不希望查德霉运当头、衰事连连，而是希望他找到心中尚存的善良。

$$2 \times 16 = 32$$
$$2 \times 32 = 64$$

胆小鬼的愿望

11月3日 星期三 凌晨 2:26

塔玛亚睡了，马修睡不着。虽然害他饱受折磨的是查德，他却把自己折磨得更惨。

他躺在床上拼命想要睡着。他知道想要对付查德，就必须保持警觉，不过越是努力想要睡着的人，往往越是难以入眠。人总要在轻松的心情下才可能不知不觉进入梦乡。

他因为放学后回家太晚惹了麻烦。原本应该回家照顾双胞胎的他一直没有出现，害得他父亲不得不早早下班。

"只有家里每个人都尽到自己的责任，我们才负担得起你念伍德中学。"他父亲提醒他。

"好。那我上别的学校好了。"马修答道，"我讨厌那所学校。"

然后……

　　马修试着睡着的时候，想象着这场架的好几种不同的结果。有时候是他打赢，揍得查德浑身是血，苦苦求饶。其他时候则是查德打赢，但总是经过一场艰苦的耐力对决。

　　他幻想自己躺在柏油路上几乎无法动弹，跟他同班的两个漂亮女生——安芮雅和劳拉跪在他身边说他有多勇敢，同时用手中的湿纸巾轻轻擦拭他脸上的血迹。劳拉亲吻他的脸颊。

　　但哪怕是他想象这一切的时候，也知道其实根本不可能发生。

　　如果查德攻击塔玛亚，他顶多只能希望老师早在塔玛亚受伤太重之前制止一切。然后或许查德会被退学，然后说不定等查德离开一段时间以后，其他同学又会开始喜欢他。

　　那是他的殷切盼望，他也因此痛恨自己，因为他知道那是胆小鬼可悲的盼望。

11

密闭的空间

摘录自参议院秘密听证会：

何廷斯参议员：当然，我们都非常希望拥有不造成污染、价格又低廉的汽油替代能源。但我最关心的，费兹曼先生，就是当你制造的这种人造有机体和自然环境混合在一起的时候会发生什么事。它们可能会如何影响地球与动物的生命？对人类生命的终极影响又是什么？我们真的不知道。

强纳森·费兹曼：那方面我早有防备。

何廷斯参议员：东西越小就越难控制。你可以把老虎或大灰熊关在笼子里，但若要把一个小小的微生物关起来

不让它逃跑，那可困难多了。

强纳森·费兹曼：那不是问题。

何廷斯参议员：如果一切真的如你所愿，从迈阿密到西雅图的每辆车子都加满清净生质燃料，载着清净生质燃料的大卡车也在全国各地跑，途中难保不会洒出几滴来。意外总会发生，到时又该怎么办？

强纳森·费兹曼：听着，你完全把事情倒过来了。你们担心这个微生物溢出的后果如何如何，事实恰好相反，我竭尽所能做的，就是不让外界的东西混进里面。

何廷斯参议员：我看不出两者有什么差别。

强纳森·费兹曼：微生物在氧气中是无法存活的。"洁能小子"一旦暴露在氧气当中，噗！

何廷斯参议员：噗？

强纳森·费兹曼：它会分解。噗，没了。你不必担心"洁能小子"跑到空气里，我们在阳光农场建造许多专用的密闭真空软管与密闭槽，目的就是不让空气跑进去。

12

塔玛亚心里的恐惧

11 月 3 日　星期三　上午 7:08

　　塔玛亚在她最爱听的歌声中醒来。冷空气穿窗而入，当初她故意打开了一个小缝，这样她盖着暖和的被子就觉得更舒适了。

　　每天早上，她的音乐闹铃都在七点零八分响起，因为她最爱的数字是八，蒙妮卡最爱的数字是七。她和最要好的朋友每天都在同样的时刻醒来。

　　她的思绪飘回到去年。她四年级的教室后面有一个很大的壁炉，老师在旁边放了许多抱枕，学生们做完功课后才可以到壁炉那边去看故事书。那里非常大，至少可以容纳四个孩子，她和蒙妮卡总是最先窝到那边。她俩肩并肩读着各自选好的书，设法不让自己哧哧发笑。

塔玛亚回想到这里的时候，一股越来越害怕的感觉渐渐袭上心头。那一片树林、她扯破的毛衣和查德的影像取代了温暖的回忆。他冷峻的蓝眼睛瞪着她说："下一个就是你，塔玛亚。"

她感到手刺刺的，很痛，她把手伸出被子一看，起初还以为疹子消退了，可是等她的眼睛适应光线之后，才发觉肿起的红点还在，而且上面还覆盖了粉状的痂皮。

她枕头上也是粉红一片，拉开被子一看，只见整张床上都是桃红带棕色的粉末，跟她的皮肤一样的颜色。

她跳下床冲进浴室。

那些粉粉的东西一洗就掉，红疹却蔓延得更广。她整只手长满了红色凸起的疹子，一直延伸到手腕下方，有些已经变成了水泡。

望着镜中的自己，她发现右脸颊上长出一块痂皮。她赶紧用水清洗，再使劲用热水和抹了香皂的毛巾擦了又擦。

她脸上好像没肿起任何红点，看上去虽然有点泛红，但也可能是刚才擦得太用力了。

妈妈那罐神效护手膏还放在塔玛亚的浴室。前一晚她在每一个红疹上涂了一点，然后轻轻地摩擦皮肤让它吸收。这会儿她可不那么斯文了！她把手指伸到罐子里挖出好大一块药膏，然后在整片红肿的皮肤上抹了厚厚一层。

她回到房间把床单裹成一团拿到洗衣机前，然后把水

FUZZY MUD

温表调到热的位置。

"你现在要洗床单？"塔玛亚立即转过身。

妈妈已经穿好衣服，一身蔓越莓色的窄裙套装，眼影和衣服是同样的颜色。

"因为我的疹子，"塔玛亚告诉她，"这样才不会传染到别的地方。"

"给我看一下。"

塔玛亚伸出她的手。

"看起来好像好一点了。"她妈妈说。

塔玛亚知道其实是因为全都被护手膏遮住了，但她什么也没说。妈妈的口气闻起来有牙膏和咖啡的味道。

"这样好了，"妈妈说，"告诉马修说今天放学我会过来接你，如果他愿意的话，我就顺便送他回家，不过之后我得带你去看桑切士医生。"

塔玛亚点头，很高兴她的疹子终于可以得到治疗了。

$$2 \times 64 = 128$$
$$2 \times 128 = 256$$

她背上背包，把肩带拉到正好盖住毛衣破洞的位置，然后在妈妈还来不及把她看个清楚之前快速穿过屋子走出家门。她仍然不知道该如何解释那个破洞。

走到马修家门口时，他刚好出门，戴着他那副旧眼镜。

他暑假的时候已经改戴隐形眼镜了。她比较喜欢他戴普通眼镜，因为她觉得他的脸要是没戴眼镜好像空空的。

"你戴眼镜了。"她说。

他耸耸肩，然后说："隐形眼镜掉在树林里了。"

"哦。"

她在心中想象那幅画面：查德一拳打在他脸上，隐形眼镜飞出他的眼睛。不过她明白真实情况可能完全不是那样。

她看不到他脸上有任何瘀伤，只是有点苍白又疲倦，仿佛好几天没有睡觉的样子。

他走路时拖着脚步。换作别的日子，塔玛亚非得努力才能跟上，但现在他们走得慢条斯理，她开始担心要迟到了。

她那刺痛的感觉变成跟针扎的一样，好像有一千个细细的针尖在戳她似的。

"对了，今天放学我妈会来接我。"她告诉马修，"她要带我去看医生，因为树林里的什么东西害我起红疹。"

她把手伸给他看，不过他看都没看一眼。

"你没跟她说我们走到树林里了吧？"马修问。

"没有。"

"如果你告诉她的话，我们两个就麻烦大了——"

"我说我没有告诉她。"

"好。"

"愿意的话，她会顺便送你回家。"

"好吧，随便。"马修说，但她知道他其实很高兴有便车可以搭，这样就能避开查德。

他们转到李奇蒙路。就算是大清早，来往的车辆已经不少，塔玛亚再一次认定倘若他们昨天走原路回家，马修就安全得多。她不会扯破毛衣，他的隐形眼镜也不会弄丢，她或许也不会起红疹，虽然她并没有把握红疹究竟是怎么来的。

他们沿着树林走的时候，她刚睡醒时那股害怕的感觉又回来了，而且她每走一步，脚步就更沉重一点。

她说不准自己到底在怕什么。只要身边有人，她倒也不觉得查德有多么恐怖。她怕的是不一样的事，更糟糕的事，仿佛她早就知道快要发生什么可怕的事，但因为它太过恐怖，她的大脑才不准她去想。

他们走到伍德巷。"我昨天就应该跟他在这里碰面。"马修说。

人行道与栅栏之间有一块长满了野草的泥巴地，塔玛亚猜测昨天马修没露面，查德应该是翻过栅栏进入了树林去找他。

"至少这里有人经过，"塔玛亚指出，"树林里更糟。"

"别提醒我。"他踢着地面。

塔玛亚替他感到难过，她不喜欢这种感觉。她还是比较喜欢以前崇拜马修的感觉。

“查德不过是个大笨蛋。”她说。

“我才不在乎他。”马修低声说道。

“一个肥肥的大笨蛋！”她又说了一遍，而且说得很大声，要是查德躲在附近的话，八成听得清清楚楚。

他们转到伍德巷朝学校走去，两人左右两边都是树林。

塔玛亚加快脚步。“我们还是走快一点才不会迟到。”她说，可是马修仍然慢吞吞地落在后面。

她越走越快，然后心里忽然有什么东西让她很想拔腿就跑，不仅仅是因为害怕迟到。她很害怕，但又不知道究竟在怕什么。

一直走到从校门口回堵过来的整排车子面前，她才气喘吁吁地停住脚步。

她听见有人叫她的名字。

蒙妮卡的小妹梅瑞莉从她妈妈的轿车车窗里伸出半个身子来跟她挥手。

塔玛亚挥动左手。她尽量藏起右手不给别人看。她站在路边等待梅瑞莉和蒙妮卡钻出车子。

“你昨天去哪里了？”蒙妮卡问，“我一直打电话找你。”

塔玛亚想告诉蒙妮卡一切，但又不敢冒险。她知道蒙妮卡会告诉希望，然后就一定会传遍全校。“我也不知道，”她说，“进进出出吧。”

“你需要一部手机。”蒙妮卡告诉她。

"上学不准用手机。"塔玛亚提醒她。

"那就放学以后用啊。"蒙妮卡说。

"我也是进进出出,"梅瑞莉说,"我进门,然后我又出门。"

蒙妮卡叫她小妹闭嘴。"你绝不相信我昨天看见谁了。"她跟塔玛亚说。

"包老师。"梅瑞莉说。

"闭嘴。我来告诉她。就是包老师。他在慢跑,就在我家前面! 他看见我的时候用法文说:'Bonjour, Mademoiselle Monique.(早安,蒙妮卡小姐。)'我发誓,我差点笑翻。"

包老师从二年级开始教他们法文。

"想不到那个秃头男人居然有两条毛茸茸腿。"蒙妮卡说。

塔玛亚勉强挤出一丝微笑。

马修看见塔玛亚和蒙妮卡一起安全走进学校,而且不见查德的影子,这才松了一口气。他真不知道如果查德攻击她的话,自己到底会怎么做。他喜欢想象自己拼了命要保护她,但也知道他或许不会。

他走到学校大门口。七年级的教室在地下室,以前那里是仆人区,不过同学都管它叫地牢。

马修也觉得它像地牢。他步履艰难地走下楼梯,走向等待着他的折磨与痛苦,想逃也逃不掉。

13 灾难警告

摘录自参议院秘密听证会：

艾莉丝·梅菲儿教授：1975年我出生的时候，全世界有四十亿人口，那可是很多很多人。一百年前，全球人口还不到二十亿。可是到了今天，就在我跟各位委员说话的现在，我们人类已经超过七十亿。

傅迪参议员：这跟清净生质燃料有什么关系？

艾莉丝·梅菲儿教授：每天有三十万婴儿出生，天天如此，日复一日。每一个婴儿都需要食物、水和能源。

傅迪参议员：所以这个国家才需要清净生质燃料。

赖特参议员：教授，请见谅，据我所知，你打算作证

说明人造有机体若是引入环境可能导致什么灾难，可是听起来你好像很赞成清净生质燃料的样子。

艾莉丝·梅菲儿教授：哦，灾难是一定会有的。不是来自清净生质燃料，就是别的什么东西，谁知道呢？估计到了 2050 年，地球上将会增加二十亿人，总共九十亿人口！

傅迪参议员：所以我们才需要清净生质燃料。

艾莉丝·梅菲儿教授：参议员，除非我们想办法控制世界人口，否则什么也帮不了我们。清净生质燃料帮不了，超级作物和肥料帮不了，火星殖民地也帮不了。

赖特参议员：你的意思是，你希望我们别让世界上的人们生太多婴儿？

艾莉丝·梅菲儿教授：是。

马奇参议员：（大笑）恐怕这实在有点超出本委员会的职能范围。

14

红色的痕迹

11 月 3 日　星期三　上午　9：40

每星期一、三、五，费老师都会要求她的学生写日记。有些日子她允许学生们想写什么就写什么，但大多时候她还是会出个题目。

塔玛亚比较喜欢由老师出题。这有点奇怪，不过当世界上任何事情都可以写的时候，她反倒觉得自己想个题目来写更困难。

每次听见老师出题，大多数同学总是哇哇哀叫，好像和题目是什么没什么关系，而只是单纯地爱抱怨而已。

今天费老师在白板上写了一个题目，然后大声念出来。

"吹气球的方法。"

除了平常的哇哇哀叫和抱怨之外，还有许多的"啊？"

和"什么？"。塔玛亚的四面八方都是高高举起的手。

"真搞不懂，"杰森径自开口说话，根本没举手，"不过就是把气球塞进嘴里吹而已呀。"

"哦，你是说这样吗？"费老师问。

塔玛亚睁大眼睛看着费老师拿起一只红色气球整个塞进嘴里，接着，费老师深吸一口气再用力一吹，那只气球就被吐到了地板上。

大家看了哈哈大笑，包括塔玛亚在内。她对坐在隔壁的希望欣然一笑，接着开始搜寻教室另一头蒙妮卡的目光。蒙妮卡也朝她望过来，和她一样惊讶不已。

费老师搔搔头，似乎非常困惑不解的模样。"吹不起来呀。"她说。

"不对，不能把整个气球放进嘴里，"杰森又没举手就发言，"把一边含在嘴里就好。"

费老师打了一下自己的额头。"唉，干吗不早说？"

她又拿了一只气球，这回只把一边含在嘴里——错的一边。

"不对，是另一边！"蒙妮卡叫道。

费老师把气球倒转过来。

"现在吹吧。"蒙妮卡说。

费老师再一次把气球吐到地板上。

塔玛亚周围的同学全都高声指点费老师该怎么吹，试

着告诉她哪里做错了，其他同学则忙着对朋友复述刚才看到的经过，哪怕他们的朋友其实也在现场目睹了这一切。

费老师竖起两根手指，等大家安静下来。

"别光说，"她说，"要写下来。假装你要写给一个这辈子从来没有见过气球的人看，而且那个人一点也不聪明。"费老师敲敲自己的脑袋瓜，仿佛在测试里面是否空无一物。

塔玛亚笑了。她已经在脑中构思好了吹气球的说明步骤。

"所以各位的说明一定要清楚又明确，"费老师继续说道，"然后你们可以大声把它念出来，到时我们再看到底我能吹起几只气球。"

爱抱怨的同学又开始哀号与抱怨不休，塔玛亚倒是很喜欢这个挑战。她拿起铅笔，想了一下，然后写道：

先拿一只扁扁的气球，你要用肺里的空气把它吹大。

班上其他同学还在闹哄哄地说着老师把气球吐在地上的事。

跟她隔着一个走道的希望轻拍一下她的肩膀。"你的毛衣怎么啦？"她小声地问道。

塔玛亚的心往下一沉。她多么希望那个破洞没那么惹人注意。"什么意思？"她悄声回答。

"都扯破了啊。"

塔玛亚耸耸肩。"管它的。"她说，试图证明自己并不是希望认定的那种循规蹈矩的乖乖女。

她回过头写日记，重读写好的部分，随即又多加了一句：找到有洞的那一头。

写得不好，她不喜欢。气球最怕的就是有个破洞！到时费老师为了在气球上找个洞，搞不好会故意用针在气球上扎一下呢！

她拼命在想它还有什么别的称呼。一个圆圆的好像打结的东西？

她想把写好的文字擦掉，却在纸上擦出一条丑丑的灰色污迹。塔玛亚的作业向来干净又整齐，字迹也非常娟秀工整。她试着擦得用力一点，但不至于擦破纸张。

一滴红色的东西掉在了污迹上面。

起初塔玛亚最担心的是日记本因此毁了，别的她压根儿不在意。可是等她低头看自己的手时，才发现手上长满了一颗颗水泡，而且正在流血，她吓坏了。

她丢下铅笔，看着它滚过日记本，留下一条红色的痕迹，然后继续滚过她的桌子掉在地上。

"费老师！"希望喊道，"塔玛亚手上都是血。"

$$2 \times 256 = 512$$
$$2 \times 512 = 1,024$$

15

解不出的答案

马修走进教室并且在他的座位坐下时，仍然没有见到查德的踪影，不过松了一口气的他又迅速焦虑起来。一听见门打开的声音，他立刻转头看门，因为他知道查德随时都可能大摇大摆地晃进教室，告诉大家树林里发生的事，以及马修又如何需要一个五年级小女生的保护。

然而都已经上课了，查德却还没有出现。马修越来越感到焦躁不安。上午宣布重要的事情时，他的脚一直不停地发抖。他倒很希望查德赶快到教室算了，他想干什么随便他，想说什么随他说，两人干脆彻底地做个了结。天底下最难熬的就是等待。

第一节课结束的时候，马修谨慎而恐惧地穿过走廊，

觉得查德一定躲在某个角落等他。但等他安全走到代数教室，看见查德的位子仍然空无一人时，他这才终于放松下来，但也只是稍稍放松罢了。

数学向来是马修最拿手的学科，没有查德的眼睛死盯着他的后脑勺，他总算可以专心上课了，这还是几个星期以来的头一遭。

卜老师在白板上写了一组方程式。他演算给全班同学看的同时，马修也在脑中按步骤——算出答案。

卜老师又写出两组方程式。"谁想试试看？"

尽管查德不在，马修还是不敢举手。

卜老师可能看见了马修有些纠结的表情，或是眼神中的警觉。"马修，"他说，"你要不要试试看？"

听见老师叫出自己的名字，马修不禁身子一缩，然后才慢慢站起来。他走到教室前面时，没听见同学恶意的窃窃私语，也没有人故意伸出一只脚想要绊倒他。

他从卜老师手上接过白板笔，细看了一会儿两个方程式，然后结合两个方程式的元素，写出一个新的方程式。以数字代入字母的时候，他觉得越来越有信心。

他身后的教室门打开了。

就连"嘎吱"一声也算不上，不过是一扇老旧的教室门随着铰链旋转的声音，但马修一听就认得出来。

他的自信立刻弃他而去，两腿顿时瘫软如同果冻。他试着专心地演算眼前的方程式，可是这会儿它们却变成了一堆乱七八糟的数字、字母和数学符号。

他听见硬鞋底踩在地板上的"喀喀"声，听起来不像是查德。他慢慢转过身去。

神色严峻又果断的柴校长刻意走到教室前面。

"卜老师，很抱歉打扰你上课，"她说，然后为了要面对全班，她转而背对着马修，"恐怕我得宣布一个令人非常不安的消息。"

马修不知道应该往哪里走。他不想为了回座位非得走过柴校长面前，于是他一点一点退离白板，渐渐靠近侧墙。

柴校长故意慢条斯理地说每一个字。"各位的同班同学查德·希里葛斯失踪了。自从昨天下午放学他离开学校之后，就没有人再看到他。我们已经知道他根本没回家。"

柴校长吸了一口气才说下去。"如果有任何人知道他可能会去哪里，或是他出了什么事，请马上告诉我。"

没有人说话。

站在墙边的马修大脑中千头万绪成一团乱麻。一听见校长提到查德的名字，他立刻全身瘫软，只听到怦怦的心跳声在耳中回响。

"有没有人记得昨天下午放学后在哪里见过查德？"卜老师问。

"有没有人看见或听见什么？"柴校长温柔地劝诱大家。

马修知道他该说点什么，但似乎不可能说得出口。

劳拉·慕丝柯蓝兹慢慢举起手。

"劳拉，请说。"卜老师说。

"我看见他了。"

"在哪里？"

"在李奇蒙路上。"

"他有没有跟你说什么？"柴校长问她。

"没有。我在我妈的车上，我们只是开车经过。您刚刚问我们有没有看见他，就是那样的情况。"

马修很想知道如果昨天他也在那边，劳拉会不会同样注意到他。

"你有没有留意他往哪个方向走？"柴校长问道。

"要是离开学校后往右转的话才看得到，但我们是往另一个方向开，所以后来就没再看见他了。"

"有没有其他人看见过查德或是跟他讲过话？"柴校长问大家，"放学后或是更早都可以。他有没有说放学后打算要做什么？"

柯迪举手，随即又很快地放下，不过卜老师已经看到了。"柯迪，你知道什么吗？"

"他好像告诉过我说他要干什么，不过我觉得说出来怪怪的。"

"他告诉你什么，柯迪？"柴校长追问道，"现在不是

担心尴尬或是担心觉得说出来怪怪的时候。"

"好吧，是您要问的。"柯迪耸耸肩，"他说他要痛扁马修一顿。"

低沉的笑声来自教室后方的角落，但是柴校长只看上一眼，那笑出声的人就立刻安静下来了。

"对不起，"柯迪说着注视马修，"他就是那么说的。"

柴校长这才头一次注意到尴尬地站在墙边的马修。"马修，你对这件事知道多少？"

他充其量只能耸耸肩罢了。单单是不让自己发抖，已经耗尽他全部的力气。

"昨天你在回家的路上有没有碰到查德？"

他摇头。

"你知不知道他在找你？"

"不知道。"他说。

"你根本没见到他？"

"我跟平常一样走路回家。他不在。"

柴校长目光严厉地注视他好久。"你知道他为什么想要跟你打架吗？是不是更早以前发生了什么事？"

他摇头。

"查德整年都在找马修的茬儿，"安迪说，"莫名其妙的。"

"马修什么也没做，"劳拉主动说道，"查德就是对他

很坏。"

柴校长再一次深深看了马修一眼，接着才把注意力转回到班上其他同学身上。"如果任何人想到任何别的事，任何查德可能做过或说过的小事，或是其他人可能说到关于查德的事，请跟卜老师或是我说一下。要是需要私下告诉我的话，我人就在办公室。请努力想一想，别因为害怕就不敢来找我。你们告诉我的任何事情，我绝对保密。"

她走出教室后，大家的眼光都放在马修身上。

他快步走回座位，白板上的方程式仍然停在原处，没有解出答案。

16

不断回放的记忆

11月3日　星期三　上午　10:15

赖瑟莉太太用棉花球和过氧化氢把塔玛亚手上的血擦拭干净。"你绝不能去抓它。"她提醒道。

"我没有。"塔玛亚说。

"你越是抓它，它就越严重，"赖瑟莉太太说，"那只会让疹子越长越多，再说你只要抓破皮，就可能造成感染。"

"我没有抓。"塔玛亚又说了一次。

她坐在办公室一个凹进去的空间里的椅子上。那间凹进去的小屋子里放着打印机和咖啡机。医疗用品就放在打印机旁边的架子上。

赖瑟莉太太多半时间都在接听电话或在电脑前工作，

但不管什么时候有人生病，或是需要急救，找她准没错。

"我可能稍微揉了一下，"塔玛亚承认道，"可是它一点也不痒，只是觉得刺刺的。您知道把两只非常非常冷的手伸到热水里的那种感觉吗？那只手就突然整个变得刺刺的，就是那种感觉。"

"嗯哼。"赖瑟莉太太说着从架子上拿下急救箱，但塔玛亚认为她没认真听。

她眼看着赖瑟莉太太打开盖子，拿出各种各样的药膏，读读上面的标签，再放回去。她真希望赖瑟莉太太动作快一点。她仍希望自己能及时赶回教室把日记写完。

她在心里想象希望、杰森和蒙妮卡轮流把他们吹气球的方法念给费老师听，她看得见那些气球飞出老师的嘴巴，然后在教室里绕圈，大家乐得哈哈笑个不停。

不公平。她想。为什么我总是错过好玩的事？

好像向来都是这样。她错过了希望的豪华轿车生日派对，因为那个周末她得去费城。然后她在费城唯一算得上朋友的凯蒂，邀请她跟他们全家去乡下骑马，但那个周末她又不在费城。

这时副校长法兰克斯先生一脚跨进一间凹进来的小屋子。"嗨，塔玛亚，"他跟她打招呼，"你没生病吧？"

"没有，只是起疹子。"

"很好。我们可不想毁了你的全勤纪录。"他对她眨了

眨眼睛。

塔玛亚觉得自己的脸热了起来，于是尽力克制不让自己脸红。她要好的朋友全都觉得法兰克斯先生帅得像电影明星。桑玛发誓说他的脖子后面有个刺青，所以他才总是穿外套、打领带。桑玛不知道那是什么刺青，但绝对难登大雅之堂。如果被柴校长发现的话，他铁定会被开除。

法兰克斯先生弯腰给自己倒了一杯咖啡，塔玛亚试着偷偷看了一眼他的脖子。什么也没看见。她怀疑他其实根本没有刺青。说到底，桑玛又怎么可能知道柴校长不知道的事？

"伸出你的手。"赖瑟莉太太说。

塔玛亚等着法兰克斯先生离开这间凹室，她可不想让他看见她丑陋的疹子。"我涂了一些我妈的护手膏，"她告诉赖瑟莉太太，"可是没有效果。"

"这个会有效。"赖瑟莉太太向她保证。

赖瑟莉太太涂药膏时，塔玛亚倒着看药膏外的标签。氢羟肾上腺皮质素。她默默地记住了上面的文字：最强效。

"你有没有养宠物？"赖瑟莉太太问。

"我有一只狗，它叫酷波。"

"你会不会是对酷波过敏？"

"不会！"她激动得大叫，果真那样的话就太可怕了。去爸爸家最棒的事就是见到酷波，跟它同睡一张床，而且

常常被它舔醒。

"酷波最近有没有什么异常，比方说是身上长跳蚤、虱子或疥癣？"

"希望没有。"塔玛亚说。

赖瑟莉太太一脸困惑。"到底有没有？"

塔玛亚解释她一个月当中只有一个周末能见到它。

赖瑟莉太太似乎很恼火。"塔玛亚，我极力想判断出你的疹子可能是因为什么引起的，如果你跟它没那么亲近，那显然就不是它传染的。"

"对不起。"塔玛亚说。她觉得自己很蠢。

有时候她觉得拥有两个家实在很混乱，好像过着两种不同的生活，一边一半。但两个一半加在一起却不等于完整的生活。她觉得自己好像失去了什么。

赖瑟莉太太用纱布包扎塔玛亚的手。"你再想想看，最近有没有可能碰过别的什么东西？"她问，"比如清洁用品？"

塔玛亚不晓得是否应该跟她说那些奇怪的泥巴。她不想让马修惹上麻烦，但她知道把实情告诉医生很重要，哪怕她只是学校保健室的兼职护士。

"哦，我碰过一种长毛的泥巴。"她承认道。

"你吃过花生或花生酱吗？"赖瑟莉太太问，她对泥巴一点也不感兴趣。

塔玛亚仍想着长毛的泥巴。当时事情发生得太快，然而这会儿却在她脑海里不断慢动作回放，她看见自己抓起一把沥青似的淤泥，只模模糊糊记得它摸起来感觉温温热热的，可是不确定会不会是记忆添油加醋的结果。

"你最近有没有吃花生或是花生酱？"赖瑟莉太太又问了一次。

塔玛亚强迫自己专心回答问题。"我昨天吃了一份花生酱加果酱三明治，"她说，"也可能是前天吃的吧。"

"可能是过敏，"赖瑟莉太太说，"下次去看医生的时候，请妈妈要求他们做过敏测验。现在，可别再吃任何花生酱三明治了。"

"我们家的草莓酱是我妈自己做的，"塔玛亚说，"是真的草莓做的。也许我对新鲜草莓过敏。"

"也许吧。"赖瑟莉太太说。

"放学以后她要带我去看医生。"

"很好。"

赖瑟莉太太分别包扎好塔玛亚的每一根手指，然后是她的手掌，接着是手腕。

"觉得怎样？"

塔玛亚试着动一动她的手指。"好像木乃伊。"她开玩笑说。

赖瑟莉太太露出微笑。"我再给你一些抗过敏药，不

过要先得到你妈妈的许可才行。我打电话到她办公室，请你午餐后再过来找我。"

塔玛亚说好。

"记住，不可以再抓了！"

$$2 \times 1,024 = 2,048$$
$$2 \times 2,048 = 4,096$$

一辈子只做了一件坏事

17

11月3日　星期三　上午　10:45

可是等塔玛亚回教室上费老师的课时，全班已经开始下一堂的数学课了。布告栏上用胶带粘了两只吹足气的气球。后来她才知道，只有山姆和罗修娜两人吹气球的说明是成功的。而且，根据希望的说法，费老师只需要多胡言乱语几句，就把气球吹起来了。

整个上午，每当塔玛亚抬头看见那两只气球的时候，心中难免一阵失望。她有把握自己的气球一定也可以粘在布告栏上，而且不用费老师帮忙。

她不得不用左手写字，几乎不可能写得好。即使是写数学题，哪怕是数字2，她也写得很痛苦。

"你的手到底怎么啦？"希望问她。

"我不能吃花生酱。"她悄声说道。

"花生酱害你的手流血？"

她耸耸肩。她不想谈，至少不想跟希望谈。但她不认为自己的疹子跟花生或花生酱有任何关系。

一定是长毛的泥巴。

$$2 \times 4{,}096 = 8{,}192$$
$$2 \times 8{,}192 = 16{,}384$$

伍德中学已经不准用塑料袋，二年级以上的学生宁死也不肯让别人看见自己手拿午餐盒的洋相。塔玛亚和她的朋友都用可重复使用的布袋装午餐。

蒙妮卡的布袋是黑色的，上面有一个假宝石做的和平标志。希望的布袋也是黑的，上面有颗红心。塔玛亚的布袋是朴素的白色，布边因为洗衣机和烘干机的多次蹂躏早已起毛了。

她们走下楼梯朝餐厅迈进。"要是他们问你的手为什么包扎起来，"希望说，"别说是因为起疹子。"

塔玛亚不知道"他们"是谁。她估计希望说的只是餐厅里其他的同学。

"疹子好恶心。"蒙妮卡同意。

"跟他们说你拿铅笔戳自己！"希望说。

"那也好恶心。"塔玛亚指出。

"但那是男生喜欢的恶心。"蒙妮卡说。

塔玛亚仍然不知道她们在谈什么。

五年级另一班的桑玛已经在餐厅门口等她们了。"你怎么了？"她看见塔玛亚的时候问道。

"她拿铅笔戳自己。"蒙妮卡抢着回答，塔玛亚压根儿来不及开口。

桑玛看来非常担心。"为什么？"

"不为什么。"希望说。

"其实不是。"塔玛亚小声说道。

四个女生走进餐厅。"假装你不知道他们在那里。"蒙妮卡说着朝昨天她们坐的同一张餐桌走过去，那些男生已经坐在那里了。高年级的午餐时间比中年级的早十四分钟开始。

没看见查德跟那些男生一伙，塔玛亚总算松了口气，但她还是好奇他在哪里。她四下张望，也没看见马修，希望没发生什么不好的事。

"别看他们！"蒙妮卡严厉地低声说道。

"我们只是坐在我们本来的位子上，"希望说，"如果他们刚好也坐在那里，好吧，那不过是碰巧而已。"

塔玛亚咬着嘴唇，不知道她的朋友是什么时候决定又要坐在那些男生旁边。或者她们根本什么也没谈。也许她就是应该知道这种事。

女生们跨过板凳在餐桌前坐下，看也没看男生一眼。塔玛亚只顾低头看地板。

"她怎么啦？"其中一个男生问道。

桑玛转过头来。"喔，嗨。"她说，仿佛刚刚才注意到一旁的男生。

"塔玛亚拿铅笔戳自己。"蒙妮卡说着对男生绽开微笑。

"酷！"

塔玛亚使劲盯着自己餐盒里的食物，没有抬头。她知道大家都在盯着她看。如果可以的话，她宁可钻到自己的背包里躲起来。

"不痛吗？"坐在她隔壁的男生问道。

塔玛亚的心脏跳得非常快，但她继续专注于她的午餐。餐盒里有一份三明治、一盒果汁、一条燕麦饼干棒，还有一盒切片水果。

"当然很痛啊，"桑玛说，"你以为呢？"

那个男生碰了碰塔玛亚另一只胳膊，就在手肘上方一点点。"为什么？"他问。

她鼓起所有的勇气才敢转过头注视他。

"为什么不？"她答道。

那男生仍然盯着她不放，显然他感到印象深刻。

她微微一笑。

至少再也没有人认为她是循规蹈矩的乖乖女了。

"你们有没有听说查德的事？"另一个男生问。

塔玛亚觉得自己好像被一千伏特的电击中似的惊慌失措。"查德怎么了？"她低声问道。

"他不见了。"坐在她隔壁的男生说。

"从昨天下午起就失踪了，"另一个男生说，"根本没有回家。"

所有的男生同时七嘴八舌地说起话来。

"警察正在找他。"

"搞不好他进了哪里的监狱。"

"他起码已经偷了十辆汽车。"

塔玛亚开始晕头转向。她再次东张西望，搜寻马修的身影。

"如果他坐了牢，难道警察不知道他在哪里吗？"希望问。

"要是他没说出真名的话，他们就不知道啊。"

害怕的感觉重新涌上塔玛亚的心头，而且变本加厉。她怕的不是身上的疹子，或是扯破的毛衣，或是不得不跟妈妈说谎，或是被查德痛揍。比这些都更糟。

她怕的正是这个。

她站起来后突然一阵晕眩，于是赶紧抓住桌子的边缘。

"你没事吧？"桑玛问。

她拿起午餐跨步离开餐桌时，差点被凳子绊倒。

"你要去哪里？"蒙妮卡问。

她穿过餐厅，到处在找马修的时候，听到一群一群的孩

子们都在谈论查德。

"他爬上学校最高的地方，然后就卡在那里下不来了。"

"他加入一个摩托车帮派，这会儿已经在骑往墨西哥的路上了。"

"他拿小刀跟别人打架，现在得了失忆症躺在某个医院里，连自己叫什么名字都不记得。"

每个人似乎都认为不管查德出了什么事，一定是他自己的错。他是个坏小孩，坏小孩净干坏事，然后倒霉的事就会找上门来。

没有人怀疑这回该怪的其实是个好孩子，一个这辈子只做了唯一一件坏事、从不旷课、循规蹈矩的好孩子！

塔玛亚继续走过大厅，推门出去。一阵令人舒服的冷风袭来，她深吸一口气，目光越过足球场远远望向树林。

查德就在那边的某个地方。她很确定。

否则她和马修怎么可能如此轻易摆脱掉他？就因为她往他脸上丢了一块长毛的泥巴。这一点她应该一直都知道。

她看看自己手上绑的绷带，它不仅遮盖了她的红疹，也遮盖了她的罪恶感。无论她的手怎么了，查德的脸一定严重十倍。

她看到马修了，他正在跟一群男生打篮球。她还从来没有因为看见任何人而感到如此如释重负。

"马修！"她喊道，然后跑向球场，一边跑一边又叫了

两次他的名字。

她靠近球场时，马修朝她看了一眼，然后继续打球。

"我有话要跟你说！"

他不理她。

一群男生往球场这边跑过来，篮球飞过空中，擦过篮筐，然后那些男生又跑向球场另一边。

"哎，快点！"她激动大叫。

她知道他不希望她在学校里跟他说话，可是如今这种考虑根本已经毫无道理，因为这两天她都跟高年级的男生一起吃午餐，如果他们不觉得被人看到会难为情，他又何必这样觉得？又不是身上长了虱子怕人知道。

"是很重要的事！"她对他大吼。

有人传球给他。他接到球后迅速看了她一眼，接着运球两次，再把球传给别人。

球场上的男生个个脱得只剩衬衫。在边线来回走动、尽可能跟马修保持平行的她抬脚跨过他们堆成一团的毛衣，设法吸引他的眼球，他却怎么也不肯看她一眼。

她仔细看了看她那绑了绷带的手想道，搞不好我真的长了虱子。

那个篮球"咯当"一声擦到篮板边缘，往她的方向弹过来。她跑过去追，然后在球弹跳第三次的时候抓住它。

一个男生朝她走过来，伸出期待的双手。

"我非要跟马修说话不可。"她说。

"快点，小女生，把球还给我。"那男生说。

塔玛亚圈起两只胳臂把球紧紧抱在胸前。

"嘿，小女生，你是不是哪里有问题啊？"他凶巴巴地质问道。

马修走向她。"别惹人讨厌。"他说。

"查德失踪了。"她告诉他，不过她这么大声说的时候，才明白他应该早就知道了。

"那又怎样？"他问。

他把双手放在篮球上。一开始她紧抱着不放，过了一会儿才两手一松，让他拿走。

她在球场旁边等他们打完，两只眼睛不时望着树林。高年级学生的午餐比中年级早十四分钟结束。铃声终于响起之际，她退到后面等那些男生拿走他们的毛衣，这才慢慢走近马修。

"什么事？"他口气很凶。

"我们是最后看到他的。"她说，"我们必须得告诉什么人才行。"

其他男生已经走向教室。

"不行，塔玛亚，"马修说得斩钉截铁，"绝不能告诉任何人，永远都不能。听着，打我的人是他，我可没打他。反正这事跟我们一点关系也没有，他是离家出走或者什么的。"

她举起她那缠满绷带的手。"你看我的手！"

"我知道，你跟我说过了。你妈要带你去看医生。"

"你看！"她尖叫着拉扯绷带，撕去上面的医疗胶带。

纱布一拉开，一种粉粉的东西随即喷溅出来，跟早上她在床上看见的一样。

马修愣愣地望着她的手，就连塔玛亚自己也被赖瑟莉太太治疗后红疹恶化的程度吓呆了。这会儿她整只手，从指尖到手腕，全都是大颗大颗的水泡，有的还在流血，有的表层长出硬皮，一颗颗肿起的红点则蔓延到她的手肘。

"真的……很严重。"马修说。

"我觉得树林里的泥巴很危险，"塔玛亚说，"我用这只手抓了一把，然后扔到查德脸上。"

她怕自己马上就要哭了，但她硬是按捺下来。"扔到他脸上！"她大声喊道。

"那又怎样？"

"你想他为什么没追我们？他还在树林里，都是我的错！"

"你又没把握真是那样。"马修说。

"我一定要告诉柴校长不可。"

"你不能说！"马修硬是不肯，"我已经告诉她说昨天我没见到查德了。你打算怎么说？我们一起走路回家，你看见了，我却没有？塔玛亚，你想想看。'哦，柴校长，现在我记起来了，昨天我确实看见查德了。他在树林里把我狠狠打了一顿。我只是忘记了。'"

"我们总得告诉什么人才行。"

"那不过是泥巴而已，而且我听说他加入一个摩托车帮会，现在正骑往墨西哥的路上。"

"你知道那不是事实。"塔玛亚说。

"我什么也不知道，"马修说，"你也是。"

他转身离开她，她盯着他慢慢走向教室的背影，他一次也没回头。

* * *

十四分钟后，五年级学生进教室的铃声响起，但她仍然待在篮球场上。她不知道该怎么办。她不想害马修惹上麻烦，但总得有人做些什么吧！她周遭的学生全都纷纷回教室的时候，她依然一动不动地站在原地。

她再一次定睛眺望树林深处，接着朝足球场走一步，然后再走一步。

起初她走得很慢，但每走一步，步调便随之加快。她尽量不去想费老师和柴校长，随即拔腿跑了起来。

她的午餐包在手上晃来晃去，她很高兴还有午餐，查德一定饿坏了。

$$2 \times 16{,}384 = 32{,}768$$
$$2 \times 32{,}768 = 65{,}536$$

18

学校暂时封锁

马修已经一个多月没有跟同学打篮球了。一个月以来，他没有任何朋友，而只消一天——一天而已——没有查德的日子。

"马修什么也没做，"劳拉这么说的，"查德就是对他很坏！"

那大概是他这辈子听过最悦耳的话了。

尽管如此，他坐在只跟查德隔三个位子的课桌前上戴老师的课时，却无法忘记塔玛亚那恐怖的手。她满是水泡的手上挂着一条条沾满血迹的碎绷带。他也看见她的眼睛，它们在乞求他做对的事。

唉，他想，就在我终于有好日子过的时候，为什么女

生总是非得跑来破坏所有的事情？

他知道自己应该怎么做。打从柴校长走进教室，告诉大家查德失踪的时候，他就知道了。

当时他没当场说出实话的唯一理由，就是不希望塔玛亚为此惹上麻烦，他这么告诉自己。他是为了塔玛亚才没吭声的。

然而，在内心深处，他知道那其实不是真话。保持缄默是因为他害怕，既害怕又羞耻。

其实现在已经没关系了。他知道塔玛亚迟早会告诉什么人，不是告诉老师，就是柴校长。

教室的电话突然响起，那铃声深深撼动着他每一根神经。看着戴老师讲电话的时候，他试图从老师的表情中读出什么。他的双腿在课桌底下发颤。

戴老师挂了电话，马修迅速垂下眼睛，假装专心读摊开在桌上的书。

"马修，柴校长请你去一下她的办公室。"

尽管他知道该来的一定会来，老师说的每个字依然让他心惊肉跳。他把椅子往后一推，"嘎嘎"声随之响起。他站起来走出教室，拼命装出镇静的样子。

他一步步走上楼梯。天底下没有一件事情是有道理的，他想。痛打他的人是查德，惹上麻烦的却是自己！

大家都在担心可怜的查德。"查德在哪里？""你看见

他了没？""你跟他说话了吗？""他说了什么？"

查德失踪了？太棒了！他不见了，我真高兴他不见了！

马修这样算不算坏人？

他走到楼梯顶上。校长办公室在右边，但马修的目光被拉到左边，他顺着短短的走廊来到一道门和一扇窗前。阳光透过窗子洒进来。

他盯了那道门很久。也许人们应该开始担心可怜的马修吧，他想。

他又凝视一会儿，接着才转身走向校长室。塔玛亚说得对，是说实话的时候了。

背对着他的赖瑟莉太太弯腰把一个文件夹放进档案柜里。

"柴校长要见我。"他说。

学校秘书站直了，说道："哦，嗨，马修。我们好高兴你来了。"

他不懂她这话是什么意思。她请他进去。

校长室的门是开着的，他看见她坐在桌前凝望窗外。

他走进去清清喉咙。"您要见我？"

她转过身来。"你知不知道塔玛亚在哪里？"

这个问题出乎他意料，一时间他甚至怀疑校长是不是在耍什么花招。

柴校长的脸颊抖着。"你知道吗？"她追问道。

"在费老师的班上？"

"她不在。午餐后她根本没有回到教室。我知道你们两个常常在一起。"

"没有常常啊。我们一起走路上学，您知道，因为我们住同一条街。她妈妈不准她一个人走路上学。"

他嘴里说出这些话，而他脑袋里却忙着想要搞清楚这到底是怎么回事。"蒙妮卡是她最好的朋友，"他说，"说不定她知道。"

"我问过蒙妮卡了。她说塔玛亚突然莫名其妙地离开餐厅，然后再也没有回来。午休时间你在哪里？"

"我在球场打篮球。"

"你有没有见到她？"

"呃，让我想一下。我好像在篮球场旁边看到她了。"

"她有没有跟你说什么？"

"我现在想起来了。篮球跳开以后被她捡到了，我就过去向她要球。"

"她没有说她要早点离开学校？"

"哦，今天早上她跟我说她妈妈要在放学以后接她去看医生。她起了很严重的红疹。说不定她妈妈提早接她走了？"

"赖瑟莉太太给她妈妈留了话。我们在等回音。"

"塔玛亚非常遵守学校的规定，"马修解释说，"她绝

不会一句话不说就离开学校。"

"我知道，"柴校长说，"所以我才这么担心。"

马修等着，但柴校长好久没说话。她虽然在看他，但她的目光却好像穿过了他，仿佛早已忘了他还站在面前。

"你可以回去了。"她终于说道。

他立刻听话走人。

＊ ＊ ＊

过了一会儿，柴校长在广播里宣布学校暂时封锁，并请全校师生留在教室里，关上灯，锁上门，不许任何人进入或离开。

不过那时马修已经从侧门溜出学校。他犹如逃脱的犯人拔腿冲过草地，疯了似的翻过栏杆，然后消失在树林里。

19

往树林深处走去

11月3日　星期三　下午　1:10

塔玛亚茫然地穿过树林，树叶继续在她的四周飘落，她很希望能够看见什么眼熟的东西，任何昨天见过的东西，这样至少说明她找对了方向，可是她一样也没看见。

她向来观察入微，擅长注意细节，但昨天她太害怕了，根本无法专注在任何东西上。那时她全副注意力都集中在跟紧马修上，只记得看到长毛的泥巴。如果能找到那摊泥巴就好了，说不定查德就在附近。

现在她试着记住所有的细节：树的残桩、扭曲纠缠的树枝、石头的模样，以及有棵树干上钉了好几块木板。她把看到的每样东西都默默记在心里，这么一来等她找到查德后，就可以找到回去的路了。她不时停下脚步回头看看，

然后在心中重走一遍走过的路。

"查——德！"她大声喊道。

她的声音不大也不浑厚。费老师总是试着让她把声音放出来。"你有很多很棒的想法，塔玛亚，但说出来的时候要有一股气势。"每当轮到她上台朗读文章给全班听的时候，大家总是抱怨听不见。在操场上，有时她对着蒙妮卡或是希望大声喊，哪怕她们只在球场的另一边，俩人也听不到。

她又大喊一声，这回使出了吃奶的力气。"查——德！"

但吃奶的力气只是让她的声音破裂了。

她看到一棵白色树干的树，树上只挂着几片枯死的树叶，其中一根树枝似乎指着回学校的路。她把它记在脑子里。

经过那棵树没几步，她看见一大块深色的泥巴，泥巴上盖满了毛茸茸的浮渣。

她慢慢地走向它。

她认为那不是昨天见到的那个泥坑。现在她想起来那是在山丘的侧边，而这里的地面是平坦的。

她把午餐包挂在一根树枝上，然后走到泥巴旁边。和昨天一样，这块泥巴上连一片落叶也没有，叶子全掉在泥坑的周围。她在泥巴旁边跪下时，皮肤有一种神经质的刺痛感。

她拾起一片巴掌大的树叶，抓住叶柄，把它慢慢伸进毛茸茸的泥巴里。再拿起来的时候，叶子的上半部不见了。她让树叶掉进泥巴里，然后慢慢站起来往后退。

她走过去拿午餐包的时候，看见不远处还有个泥坑，更远的地方又发现两个。

她走回那棵白色的树，那棵树指向学校。

现在回去还来得及。如果她脚步快点的话，说不定还不会惹上麻烦。她可以去找赖瑟莉太太拿过敏药吃，并且把手重新包扎一下。然后赖瑟莉太太会写张假条，说明她迟到的原因。

那棵树指向一条路。塔玛亚却走了另一条。

"查——德！"她扯着喉咙大喊。这回她的声音没破掉。她继续往树林深处越走越远。

$$2 \times 65{,}536 = 131{,}072$$
$$2 \times 131{,}072 = 262{,}144$$

无药可治

20

三个月后

来年的 2 月，也就是塔玛亚返回树林寻找查德的三个月以后，参议院能源与环境委员会开启了一系列新的听证会。这些听证会不再是秘密听证会，因为这时全世界都已经知道阳光农场、清净生质燃料和宾州希斯崖发生的灾难。

疾病预防控制中心副局长彼得·史密斯博士，在这些希斯崖灾难听证会中作证如下：

赖特参议员：当时你能不能辨认出这种微生物？

史密斯博士：那时还无法辨认。它不符合我们数据库里的任何东西。

赖特参议员：你或疾病预防控制中心的任何人有没有

见过这种红疹？

史密斯博士：没有，我们也不知道该怎么治疗。它无药可治。

赖特参议员：所以你下令隔离？

史密斯博士：是总统根据我的建议下的隔离命令，没有人可以离开希斯崖或周遭地区，包括我们自己的医生和科学家。一旦进入隔离区，就不准出去。好几千人受到感染，五人已经去世——一名死者是在树林里发现的，另外四人之后被感染。

傅迪参议员：起因都是一个小女孩？

史密斯博士：塔玛亚·狄瓦娣走进树林一星期以后，五百多人长出疹子，包括好几个她的同班同学。不过如果您以为都是塔玛亚引起的可就错了。那种侵略性十足的微生物已经铺天盖地充斥于环境中，等到下第一场雪的时候，这种我们称之为"长毛的泥巴"的东西早已蔓延到希斯崖的每一处草坪与花圃中。

21

看不见的东西

11月3日　星期三　下午　1:21

　　一棵枯树侧躺着，被折断的树枝撑起一部分。塔玛亚脑中闪现出马修站上一棵倾倒的大树的影像。她加快脚步走了过去。

　　她越走越近，才发现那棵树比记忆中大多了。有一根很粗的树枝几乎笔直地从树干里伸出来，上面还有许多脱落的小树枝。她怀疑这与昨天看到的不是同一棵树。

　　她一抓住树枝的末端，树皮也跟着碎裂开来。她在树上站起身子开始东张西望，就像昨天马修那样。前方的地面沿着斜坡陡然降到底下的溪谷，溪谷另一侧有两座渐渐拔高的山丘。

　　查德就被他们留在其中一个山丘上。她圈起双手如扩

音器似的围住嘴，然后试着把她小小的声音扩散到广阔的树林里。"查——德！"

她的双眼扫视两座山腰，希望能看见马修那块突出的岩石，可是不管她怎么看，周围除了树还是树。她只好跳下树干。

她左脚底下的地面发出"啪啦"一声。

她不用看就知道自己做了什么。惊惧不已的她低头看自己的左脚，只见脚踝以下都陷在长毛的泥巴里。她试图挣脱，但左脚被泥巴紧紧拽着，怎么也拔不出来。她只觉得温热的泥巴浸湿了自己的袜子。

她的右脚安全着地，刚好踏在泥坑的边缘。她朝倒下的大树方向倒退一大步，紧紧抓住一根枯死的小树枝。她使出全力拼命拉它的时候，那根粗糙又尖凸的树枝刮破了她手上的水泡。

终于拔出左脚的时候，小树枝也恰巧折断，害她差点掉回泥坑。幸好她强迫自己冲向侧边，这才一屁股坐在盖满落叶的干燥地面上。

她马上脱掉球鞋，再脱掉满是泥巴的袜子。这下她手指上沾满了泥巴，于是她往毛衣和裙子上抹了又抹。

她脱掉毛衣，并且尽可能充分利用它擦净自己的腿和脚。她把毛衣放在趾间拉来拉去来回擦拭，尽管已经看不见泥巴的痕迹，她仍继续擦个不停。看不见的东西反而更

令她担心。

　　她伤心地把沾满泥巴的毛衣放在枯掉的树干上。手里拿起午餐包，一只脚赤裸着，一只脚穿着鞋，就这样，她继续走下斜坡、走向溪谷。

　　"查——德！"

$$2 \times 262,144 = 524,288$$
$$2 \times 524,288 = 1,048,576$$

22

第三名学生失踪

11月3日　星期三　下午　1:45

　　每学年一开始，伍德中学每个学生的家长或监护人都必须填写一堆表格。除此之外，他们也得向学校提供各种电话号码及紧急联络方式的信息。

　　此刻副校长法兰克斯先生和赖瑟莉太太正在按年级及字母顺序一一拨打电话。在办公室的柴校长可以清楚地听见他们接连打电话的声音。

　　"学校出了一点意外……"

　　"您的孩子非常安全。我们只是格外谨慎……"

　　"不是，我们只是请您亲自过来接您的女儿。您府上保姆的名字没有列入我们的档案。如果您愿意把您亲笔签名的授权文件传真或电子邮件给我们……"

"明天的事还没有决定。我们会发电子邮件给大家。"

柴校长知道她也应该帮忙打电话，但她实在做不到。她才刚刚跟塔玛亚的母亲通过电话，她在接到赖瑟莉太太的留言之后打电话到学校询问。

没有，她午餐后并没有来学校接走塔玛亚。是，她知道红疹的事，本来打算要带塔玛亚去看医生，不过也要等到放学之后。这是怎么回事？塔玛亚在哪里？

狄瓦娣太太正在回家的路上。她们最希望的是塔玛亚决定午餐后回家，却没告诉任何人，但两人都知道塔玛亚不会这么做。

柴校长的下巴颤抖着，哭得泪眼模糊。她责怪自己没有在一听说查德失踪的时候就宣布封锁学校。那时就应该这么做的！宁可反应过度，也不要反应不及。

但她知道查德是哪种男生。无论他出了什么事，不管他人在哪里，她都不认为这跟学校其他人有任何关联。她倒不是不关心他，她很关心，只是不认为他的失踪对其他学生是个警讯。

她还记得当初查德和他妈妈第一次到她办公室的情景。他妈妈开了一张支票付学费，递支票的时候，她当着查德的面说："现在他的一切都归你负责了。"

塔玛亚却不一样，她恰恰跟查德相反。她尊敬师长、体贴别人、遵守校规。她是那种老师很容易视而不见的

学生，这会儿柴校长才明白，那才是她失踪却无人发觉的原因。

她紧紧闭上眼睛。她知道自己必须在危急的时刻保持坚强。

两名学生失踪。两天两名学生失踪。

她不知道不久即将发现又有第三名学生不见了。她以为马修仍然安全地待在教室里，戴老师也以为马修仍然跟校长在一起。

没有人担心可怜的马修。

23

唯一知情的人

11月3日　星期三　下午 2:00

塔玛亚光着脚踩着的土地大多是柔软的，但她不得不小心踏出每一步，免得踩到埋在落叶底下的树枝或尖凸的石头。红疹已扩散到她整条胳膊，此时她看见自己另一条手臂上也肿起一颗颗红点。她觉得全身刺痛，不知道是那泥巴引起的，还是她太过神经质。好像不管她往哪里看，都看得到一个又一个泥坑。

尽管她的状况已经够糟，她知道查德一定比她严重十倍。起码昨天她还回得了家，也能洗个澡，换身衣服。

"查——"她开口叫了一半，随即惊讶地倒抽了一口气，差点要用手捂住嘴。前方不远处躺着一只死掉的动物，淤泥与细毛盖住了它半个身子。她匆匆别过头。

可能是浣熊，或者是小狗。淤泥让她难以分辨，但她压根儿不想再多看一眼。

她绕了好大一圈，每走一步都会把落脚的地方看得清清楚楚才敢踩下去。

她怀疑到底有没有任何地方的任何人知道长毛的烂泥巴的存在。她曾试着要告诉学校的护士赖瑟莉太太，可是赖瑟莉太太却更担心花生酱！连马修似乎也没搞懂。

她会不会是世界上唯一知情的人？这个想法吓坏了她，但也促使她继续往前走。

除了她，还能依靠谁？

她决心要走到溪谷另一边的山上。"查——德！"她大喊，"你在不在？"

走到小山丘越来越陡的地方时，她必须得抓住树枝，以便保持平衡。她小心翼翼地从一棵树走到下一棵树，慢慢走下溪谷。

溪谷附近的树越来越少，地面也变得越来越陡。塔玛亚一眼就看得到底下的溪谷，淤泥已经是六分满。

她卷起午餐包的顶部避免食物洒出，这才慢慢地把身子放低成坐着的姿势，然后让自己朝溪谷滑下去。在向下滑时，她利用穿球鞋的那只脚当刹车，以免自己滑得太快。

地势实在太陡，她越滑身子就越向一边倾斜。她紧抓住一把草想要稳住自己的时候，却一下子拔起草根，于是她赶紧转身趴下。她两腿的膝盖刮擦过一块尖凸的石头，一只脚再撞到另一块大石头，这才终于停住了。

她再抓起一把草，希望自己在现在的位置上稳住，同时谨慎地把另一只脚踩在那块石头上站稳。回头一看，她距离满是淤泥的谷底边缘不到一英尺[1]，泥巴上方悬着像烟似的一层毛茸茸的浮垢。

再过去一点，她看见淤泥中露出一块扁平的石头，心想那应该是一个不错的起跳点。若要从溪谷这边跳到另一边，大概要跳将近六英尺。

---

[1] 1 英尺约合 0.3 米。

她沿着斜坡像螃蟹那样朝那块扁平的石头移动，同时用指甲紧紧抠住山壁干巴巴的土，不让自己下滑。

她知道自己动作要快，哪怕只迟疑半秒钟，她就可能掉进泥巴。

她撑起身子，一个转身，穿球鞋的一只脚猛踩上那块石头后便一跃而起，跳到对面，跃过时仅仅比那摊长毛的泥巴高几英寸[1]，然后利用那股动力往上坡攀爬，远离溪谷。

等她循着一条干溪床重新开始走路的时候，方才留意到自己双手、双臂、膝盖与两条腿上的瘀伤有多疼。她往下滑落时衬衫被撩起，肚子上也有好几处刮破皮，但比起查德，她的疼痛不算什么。

"查——德！"

那溪床蜿蜒经过两座山丘之间，越来越高，她从溪谷另一边已经能看那两座山了。她不断地边走边看看这座山，再看看那座山，希望能看到马修那个突出的岩石平台。但她知道就算是找到了，也不代表查德还在那里。

"查——德！"她的喉咙干涩极了，本就有气无力的声音变得更加虚弱。

有一秒钟，她以为自己听见了什么。她停下脚步倾听。

树林阒然无声。回头看看走过的地方，她真怀疑自己能不能找到另一条路离开这里。她可不想再跳过那摊

---

[1] 1 英寸合 2.54 厘米。

长毛的烂泥巴。

她听见一个声音。小树枝折断的声音，然后是脚步声。很不规则的脚步声，像是有人走得跌跌撞撞，脚步不稳的样子。

然后她看见他了，他从一团纠缠的枝丫与细小的嫩枝之间冲撞出来。

她无法动弹。

"我在这里！"他喊道，可是声音比沙哑的低语还小。

他颤巍巍地深吸几口气，才又继续脚步跟跄地朝她走来。"我在这里。"他又虚弱地说了一遍。

他脸上长了很大一片大大小小的水泡，上面覆盖着硬皮和干掉的血迹。因为肿得厉害，几乎看不到他的眼睛。

她抬手要捂住嘴的时候又放下了，她可不希望嘴唇或舌头也传染到红疹。

他走得更近了。"你去哪里了？"他喊道，和她只相隔不到一英尺。他膝盖一弯跌坐在地。"我在这里，"他抽抽噎噎地说，"你去哪里了？"

恐惧、厌恶、怜悯之情排山倒海而来。当她开口的时候，声音非常温柔。

"你饿不饿？"

$$2 \times 1,048,576 = 2,097,152$$

$$2 \times 2,097,152 = 4,194,304$$

24

不可预料的突变

三个月后

塔玛亚在树林里找到查德的三个月之后，强纳森·费兹曼被传唤到希斯崖灾难听证会上作证。

阳光农场的律师唐娜·琼斯坐在费兹曼旁边。琼斯女士交代强纳森·费兹曼绝不可以用"灾难"两个字，而是要称之为"希斯崖的状况"。

唐娜·琼斯：没有证据足以证明清净生质燃料和希斯崖的状况有关。

赖特参议员：我们想确定的就是这个。大概一年半以前，费兹曼先生，你第一次在这个委员会作证的时候说过，你的"洁能小子"在自然环境中是活不成的，对不对？你

112

说'噗！'空气中的氧气会一下子让它们全部死掉。

强纳森·费兹曼：没错，我们是这么说的。这个灾难——我的意思是说希斯崖的状况是很可怕，而且想到那些人的时候，我真的觉得很难过，不过那不可能是我的"洁能小子"造成的。

赖特参议员：为了明确起见，你培育出这些"洁能小子"以后，它们就跟别的物质结合成为了清净生质燃料，对吗？

强纳森·费兹曼：实际情形要复杂得多，但我想应该八九不离十吧。

赖特参议员：我的问题是，清净生质燃料中的"洁能小子"还活着吗？

唐娜·琼斯：没有证据足以证明清净生质燃料和希斯崖的状况有关。

赖特参议员：我想知道的是，在清净生质燃料里的"洁能小子"是活的吗？

强纳森·费兹曼：是活的，因此它们才有能量，才有活力。

赖特参议员：而且每隔三十六分钟照样繁殖一次？

强纳森·费兹曼：不，一旦它们冻结在清净生质燃料当中，细胞就再也无法分裂，否则比例就会整个错乱。听着，你必须明白，我要是知道我的"洁能小子"会置人于死地，我绝对绝对不敢让它们来到这个世界。清净生质燃料原本是为了拯救人类，而不是毁灭我们。

赖特参议员：费兹曼先生，请尽量不要频频乱挥你的手臂。刚才你还差点打到你的律师。

唐娜·琼斯：我习惯了，参议员。我早已学会及时闪开。

何廷斯参议员：你说你们有各种安全预防措施，但是，费兹曼先生，假设有一部分清净生质燃料泼洒出来，我猜绝大部分的液体到时都会挥发掉？

强纳森·费兹曼：是，"洁能小子"会崩解。

何廷斯参议员：但如果它们没死呢？那些不受控制的"洁能小子"会不会又开始繁殖？

强纳森·费兹曼：我也不知道。可能吧，如果它们还活着的话，不过到了那个时候，所有的液体已经完全挥发，空气早已把它们杀死。任何使用清净生质燃料的车辆必须配备一种真空燃料注射系统。我正在研究确保油箱到了冬天一样保温的方法，哪怕是引擎关了，车子停在冰雪上也很温暖。

何廷斯参议员：去年你作证说，一个"洁能小子"每过三十六分钟，细胞就会分裂一次。

强纳森·费兹曼：是的，直到它们冻结到清净生质燃料中为止。

何廷斯参议员：亿兆个细胞不断进行分裂，难道永远不会突变？

唐娜·琼斯：没有证据足以证明清净生质燃料和希斯崖的状况有关。

强纳森·费兹曼：你必须了解，突变是一定会发生的，但大家也没有理由怕成这样。通常细胞分裂的时候，新的有机体会完全复制原来的有机体。可是当突变发生的时候，那也只不过表示出现某种缺陷。无论什么原因，复制得或许不完全一样。这个有缺陷的有机体往往无法存活，然后就这么结束了，其余的"洁能小子"会继续做它们一直在做的事。

何廷斯参议员：但一个突变的"洁能小子"是否可能在氧气中存活？

强纳森·费兹曼：那种概率大概是一兆分之一。

何廷斯参议员：一兆分之一。好。上回你来作证的时候说，一加仑清净生质燃料中含有超过一百万的四次方个"洁能小子"，所以一百万的四次方除以一兆等于一千。以一兆分之一的概率计算，表示每一加仑清净生质燃料中，可能有一千个可以存活于自然环境中的"洁能小子"。

强纳森·费兹曼：不对，那样不对。我说概率是一兆分之一的时候，已经把突变的数字计算在内。你加倍乘了。

何廷斯参议员：我们不妨假设有人洒了几滴清净生质

燃料，正常的"洁能小子"立刻"噗！"一下没了，但可能有突变种存活下来。于是过了三十六分钟以后，它们百分之百自我复制，我们因此有了两个"洁能小子"，都可以在氧气中活下来。再过三十六分钟，变成四个"洁能小子"。只要过一天，就有十亿多个这种可以在氧气中生存的"洁能小子"。再过三十六分钟，又多十亿个。

唐娜·琼斯：这纯属臆测罢了。我想我们都同意，并没有证据足以证明清净生质燃料和希斯崖的状况有关。

何廷斯参议员：是什么让你想到冬天需要保持油箱温暖的结论？

唐娜·琼斯：费兹曼先生想要确定每个驾乘清净生质燃料汽车的人没有任何困难。

强纳森·费兹曼：你必须了解，我从来没想要伤害任何人。

何廷斯参议员：不幸的是，还是有许多人受到了伤害。

25

落空的等待

11月3日　星期三　下午2:12

伍德中学前面停着一辆又一辆汽车，一路排着长龙回堵到李奇蒙路，挡住右线的交通。许多开车的爸爸妈妈眼里都含着泪。校方还没有告诉他们失踪孩子的姓名，只说自己的孩子安全无恙。

每辆车到了校门口，就会有位老师上前来查证驾驶人的身份，然后走到正确的教室护送该名学生上车。这些莫名其妙的孩子往往大感意外，而且被父母又是拥抱又是亲吻的，觉得难为情透了。

一名身穿制服的警察也随侍在旁。

这个过程十分缓慢，而且越来越慢。有辆车停在校门口，很久也没有挪动一下。

那位驾驶人已经耐心等待了很久，同时默默往好处想。他告诉前来的老师他叫约翰·华许，也把他的驾照拿给老师看了，又说他是马修·华许的父亲。"他读七年级。"

那位老师对他微笑，还说她从马修上四年级开始就认识他了。"他是个很棒的小孩。"

华许先生等着。他眼看停在他前后方的其他车辆里的父母和孩子纷纷团聚，车子一辆辆开走了，其他车子递补它们的空位。

随着每一秒钟的消逝，仍然在等候的华许先生越来越焦急了。他双手紧抓方向盘。

柴校长的声音通过广播系统四处回荡，教室里和学校外都能听见。"马修·华许，请到办公室报到。"

华许先生不禁颤抖起来。

"马修·华许，请立刻到办公室！"

过了一会儿，他看见那位老师回到他的车旁，站在她身边的不是马修，而是一名警察。

26

我知道你是谁

11月3日　星期三　下午　2:20

塔玛亚从午餐包里拿出果汁盒的时候，两只手都在发抖。她用牙齿咬开吸管外面的塑料包装。

仍然坐在地上的查德仿佛受伤的动物似的，用满是水泡的双手摩擦他的胳膊取暖。"你在干什么？"他说，声音粗糙又刺耳。

"等我一下。"塔玛亚说。她非得努力专注心神稳住双手，才能用吸管的尖头戳破果汁盒。

"好了，把手伸出来。"

她把果汁盒放在他手上，当他的手指碰到她的刹那，她心中不禁涌起一阵厌恶。

她把手指在裙子上抹了两下，看着他笨拙地摸索那根

吸管，然后才把它放进他那肿胀的嘴唇中间。

查德吸完果汁后，仍继续吸个不停，直到果汁盒被他吸扁。

"要不要吃三明治？"她问他。

她掀开塑料盒盖，那是花生酱果酱三明治，吐司皮都切掉了。她想到赖瑟莉太太说过的话几乎笑了出来。哇，希望你不会对花生过敏，她想。

他朝她跳过来，一只手重重打在她脖子上，她不由得惊呼一声。他另一只手紧紧抓住她的肩膀。他从她手中夺走午餐包的时候，她蹒跚倒退了好几步。

三明治掉在泥土地上。

查德坐下去在布包里乱摸一阵，掏出一根燕麦饼干棒。

"你根本用不着抢，"她告诉他，"我本来就是拿给你吃的。"

他撕掉包装纸，三口就把饼干棒吞下肚。

"你不小心点的话会噎到的。"她警告他。

"我知道你是谁，"他一边嚼着剩下的饼干棒，一边说道，"你是塔玛亚，马修的小朋友。"

"是又怎样？我从来没说我不是。"

"这是你干的好事，"他指责她，"我一直在想，要是你让我碰到，我会怎么修理你，结果你却自己跑来了。"

塔玛亚咬咬嘴唇。"对不起，"她说，"我不知道那个

泥巴会把你弄瞎。反正你不应该动手打马修。你还说下一个就是我了。"

"别以为我不会打你,"查德说,"虽然你是女生。"

"那个泥巴也伤到我了,"塔玛亚告诉他,"我的手和手臂上都是水泡,搞不好脸上也有,我不知道到底有没有。那个泥巴里有很不好的东西。"

他很艰难地深吸了好几口气。"还有没有别人在找我?"他问,"他们知不知道我失踪了?"

"全校都知道。大家以为你加入了摩托车帮派还是什么的。"

他发出一阵很像笑声的噪音。

塔玛亚看看那横躺在两人之间、掉在地上的三明治。她想把它捡起来,但又怕跟他靠得太近。

"我在树林里这段时间老是在想,"他说,"我想来想去都是没人知道,没人在乎。没人知道,没人在乎。"

"哦,你父母一定知道。"她指出。

"大概吧。"

"比方说吃晚餐或者是睡觉的时候,你还没出现?"

"是啊,没错,"查德说,"也许他们到我房间来帮我盖被子,说床边故事给我听的时候。"他又发出那种扭曲的笑声,可是没多久就变成折磨人的激烈咳嗽。

塔玛亚担心他会不会开始呕吐。

咳嗽止住了，查德匆匆吸了几口气。"你那边还有什么吃的？"他高举她的午餐包问道。

"三明治掉在地上了，"她告诉他，"如果你答应我不跳过来的话，我就帮你捡起来。"

他没说话。

她谨慎地慢慢靠近，两眼盯着他不放。那三明治是从对角线对半切开的，她弯身飞快拾起一半，然后再拾起另一半。

他仍然待在原地。

她尽可能甩掉上面的尘土。"好了，现在我把它递给你。你不用抢。"

她伸手递出一半的三明治。他接过去，然后用力一把抓住她的手腕。

她没作声。

他拿走她手里的三明治时把她的手腕扭了一圈。

"你为什么要这么坏？"她问。

他咬一口，第一口还没吃完就又咬一口。他继续大吃大嚼的时候，她看出他下咽并不顺畅。

"抱歉，没有喝的了，"她说，"对了，午餐包里还有切片水果。"

他在午餐包里翻了又翻，才找到那个塑料盒。吞下嘴里最后一点食物时，他痛苦地皱着脸。"这个？"

她注视着他笨手笨脚地想打开盒盖。

"你会打翻的！"她警告道，随即快步走上前从他手中拿走。

他随她这样做。

她取下盖子递给他："苹果和梨。"

他吃下一片水果，品味着其中的水分。他又咬了一口三明治，这回咬得比较小，然后再吃一片水果。

"果酱是手工做的，"她说，免得太安静，"用真正的草莓做的。糖分比店里卖的那种少。是我妈做的。"

她也不知道自己为什么告诉他这个。她觉得自己好蠢。

"好吃。"查德说。她惊讶极了。

他吃完半个三明治以后，她再给他另外半个。"你一点也看不见吗？"她问。

"只有走很近或快撞到东西时才看得见。我看得出前面有东西，然后砰！"他又发出像笑声的噪音。

他吃了一小口三明治，接着是一片梨。

"你一定很冷吧，"她说，"你有没有睡一下？"

"你是我妈呀？"

"对不起，不该关心你的。"她说。

"我敢说你家每天晚上都全家一起吃晚餐，是不是？"

这话不像是问问题，倒更像是控诉，但她还是回答了。"我家只有我和我妈两人吃饭，如果她没有加班太晚的话。

我爸妈离婚了，我没有兄弟姊妹。我爸住在费城。"

"她读床边故事给你听？"

又一个控诉。

"我们有时候会轮流读给对方听。她喜欢了解我在学校做些什么。"

她等他说点什么，嘲笑她也行，但他什么也没说。

他吃了最后一片水果，接着把塑料盒底舔个干净，设法舔掉每一滴水分。

他让她取走手中空空的午餐包。她把所有的塑料盒和垃圾收集起来放到布包里。她可不是乱丢垃圾的讨厌鬼。

"没人知道，没人在乎。"查德喃喃说道。

$$2 \times 4,194,304 = 8,388,608$$
$$2 \times 8,388,608 = 16,777,216$$

27

逃离

11月3日　星期三　下午 2:41

　　马修在树林里漫无目的地闲逛时，手里拿着一根树枝猛敲一棵树，然后再敲另一棵。他把树枝折成两半，再把断成两半的树枝抛向反方向。

　　他不知道自己这么做是为什么，他也不知道自己做任何事是为什么。

　　他不知道自己为什么没有跟柴校长说实话，为什么溜出学校，又为什么回到树林。

　　当然不是为了找塔玛亚。如果她要去找查德，那是她的事！

　　他顶多只是为了逃离。逃离校长，逃离老师，逃离每一个人。如果他能逃离自己，他也会照做。

再也没有一件事说得通了。查德不在学校，塔玛亚应该高兴啊。柴校长的反应好像他是学校的明星学生似的。"昨天有没有人看见查德？你有没有跟他说话？他说什么了？他打算去哪里？"

他要狠狠揍我一顿，马修边踢树叶边想，那就是他打算做的！

马修应该怎么做？跟查德在李奇蒙路碰面，好让他打得他流鼻涕又流鼻血？那样大家才高兴？

他踢起一块石头，然后快步追过去，捡起来，再使出全力抛得老远。

"查德整年都在找马修的茬儿，"安迪这么说的，"莫名其妙的。"

他们都知道，安迪、劳拉、柯迪，每个人。所以，为什么大家什么也不做呢？为什么他们不挺他？为什么任由查德让他的日子变得艰难，一日又一日？

但那并不是真正的问题，而且他也知道。真正的问题是这个——为什么他不为自己挺身而出？

其实他知道答案，就像查德说的，因为他是一个吮大拇指的胆小鬼！

倘若劳拉认为查德很坏，那她又怎么想他？什么也不是！他只是查德踩在脚底下的小虫。

他想到以前塔玛亚如何佩服他，仿佛他是英雄。好个

英雄！结果到头来却是她在保护他，是她把那坨泥巴甩到了查德脸上。现在她跑到树林里去找查德了，正是因为他怕得不敢告诉柴校长真相。

关于那泥巴，他怀疑塔玛亚是对的，但似乎又不太可能。果真如此的话，一定会有人立个警示牌或什么的。说不定她只是碰到某种有毒的野草罢了。

他停下脚步。前方不远处，有个动物蹲在一棵死去的树干上，作势要扑过来。

他紧盯着它，同时慢慢弯下身子拾起一块石头。

阳光筛过树梢，在那只动物身上投下交织的光影，让人更难分辨它是什么。他猜可能是浣熊或獾吧，但他也不确定獾究竟长什么模样。它看起来好像是在对他嗥叫。

无论它是什么，既然它敢在白天出没，说不定很凶猛。

他转动手中的石头。"嘿！"他对它大吼。

它不动。

他朝它丢石头，希望能吓走它。那块石头被扔到树干上又跳开，但那只动物还是一动不动。

马修又捡起一块石头，然后再靠近几步。"走开！"他大喊，然后又往前走了几步。

说不定它没有嗥叫。

他鼓起勇气再靠近几步。

说不定它不是活的。

他更接近了。

说不定它根本不是动物，只是什么人沾满泥巴的毛衣而已。

他几乎失声而笑。现在我连毛衣都怕！

他看见泥巴底下的毛衣是褐红色的，还有被泥巴弄得模模糊糊的字，品德与勇气。

他这才明白是谁的毛衣。

树干的另一侧有很大一摊深色的泥坑，上面覆盖着毛茸茸的浮垢。他看见一只沾满泥巴的球鞋，还有一只卷起的白袜子，袜子上面也沾满了泥巴。

那只袜子打动了他。

他觉得一阵揪心，所有羞耻、自恨、自怜的感觉瞬间消失不见。他完完全全不再想到自己。

"这真的很严重。"他大声说道。

28

危机四伏的溪谷

塔玛亚抓住一根长长的树枝的一端走在前面，查德抓着另一端慢慢跟在后面。"我现在要低头走过树枝底下。"她说完后蹲低身子，低到不必要的程度，可她也得替他留意才行。

那树枝大概六英尺长，查德那头较粗，中间有点弯。尽管塔玛亚折断上面许多嫩枝，但还剩下几颗树瘤。她用午餐包覆着抓住树枝的手，免得刮到手上的水泡。

无论如何，她必须设法带他跨过溪谷。她想过从旁边绕过去，但那么一来，她说不定永远找不到回学校的路，所以最好还是原路返回。

"我就是，"查德说，"我不知道为什么，只知道我就是。"

她完全不懂他在说什么。"你就是什么？"

"你问我为什么那么坏。我只是说，我也不是不知道。"

塔玛亚压根儿没料到他竟然在回答那个问题。"哦，如果你知道自己很坏的话，"她说，"那你为什么还要那么坏呢？"

"我也不知道。"

"现在你对我就不坏。"

"我还是可以。虽然我看不见，但我可以抽走你手里的树枝，用它来打你。你或许会大喊大叫，但那样我就知道你在哪里。你叫得越厉害，我就打得越凶。"

"我不会叫。我会偷偷走开。"

"我还是可能打你几下。"

"可能吧。"塔玛亚同意。她明白这段谈话很奇怪，可是听他的语气并没有生气，所以她也不觉得害怕，"但那么一来你就会孤零零一个人在这里，而且又迷路。"

"我知道这不合理。但我总爱干这种蠢事。"

塔玛亚想到他先前说过的话，说他想着没有人会注意到他没回家的事。"你有兄弟姐妹吗？"她问。

"两个姐姐，一个哥哥。"

"所以他们会注意到你没有回家吧？"

"他们太完美了，"他说，没有回答她的问题，"成绩好，从不惹麻烦。我是唯一的坏孩子。"

塔玛亚想告诉他不是那样的，但实在很难想到什么关

于他的好话可说。"没有人样样都坏，"她终于说，"学校的同学都喜欢你。"

"那只是因为我不一样，我不像你们那么聪明。人们说的话当中，我有一半听不懂，好像他们在说外国话。我上你们这所学校唯一的理由，就是避免我进监牢。这可花了我爸妈好大一笔钱，他们只在乎这个，我花了他们多少钱。"

塔玛亚纳闷他会不会真的进监牢，或者他又在讲夸张的故事了，比如那个疯隐士和他养的野狼宠物。

"有时候我很晚才回家，"他说，"没人注意。就算注意到了，他们也漠不关心。"

"你都去哪里？"她问。

"这个树林。我能爬多高，就爬多高，然后俯瞰这个世界。我拿一些木头敲进树干里当阶梯。我爬到树上，然后在上面钉一两块木头，踩上去，再钉进更多木头。我总想要爬得更高。"

谈起爬树，查德似乎变得比较有活力。塔玛亚很高兴。想要跨越溪谷，他就需要充沛的精力。

"我见过你的树！"她恍然大悟，"它也是我找路回学校的标记之一。跟着白色的树直走，一看见那棵钉了木板的树就转弯。"

"我就是爬到高高的树上才看见你和马修的。"查德说。

尽管遭遇如此不幸，他却说得好像这才是让他感到自

豪的事。

塔玛亚怀疑他会不会也在树上看见了那个疯子隐士，所以他的腿才有了一个小伤疤，并非像他说的惨遭狼吻，而是爬树时戳破的。

想到这一切，她一时间忘了密切留意，忽然一低头，看见正前方就有一摊长毛的烂泥巴。"停！"她惊呼道。

查德又走一步。

那根树枝把她往前推了一把，她不得不侧着身子跳起来，好避开那摊泥巴，结果掉进了一堆矮树丛里。

"怎么了？你没事吧？怎么了？"

小树枝刮到她的脸和手臂。"别动，"她警告他，"你正前方有一摊泥巴。别动。"她的头发被勾缠住，她小心地把它解开，然后从矮树丛里爬起来，手里仍紧紧握着她那端的树枝。"好了，"她告诉查德，"你得想办法从泥巴这一边绕过来，可是没有多少空间。"

她带领他穿过矮树丛和泥巴之间，注视他所走的每一步，任凭小树枝刮擦自己的双腿。"尽可能贴着矮树丛。一定要侧着走。"

他安全绕过泥潭，两人继续朝下走向溪谷。她两条腿上满是刮痕与伤口，查德更是伤痕累累，所以抱怨也没什么意义。"下回我说停的时候，你一定要停！"

"对不起。"

"刚才你差点把我推到泥潭里。"

"对不起。"他又说道。

地面的坡度更陡了。

塔玛亚知道查德个子够高也够壮，跳过溪谷没有问题。困难的是带他走到一个不错的起跳点，还得确保他跳对了方向。

地面变得越来越陡峭时，她转身倒退着走，两手紧紧抓住树枝。"无论怎么样，你都不准放开树枝。"

"我不会。"

她指点着他走每一步。"再向下走一点点，有一块石头，就在你前面。小心……小心……"

她慢慢倒退，同时两眼紧盯他落脚的位置。"好，别动。"

她转头看后面。溪谷似乎比她记忆中宽得多，泥潭也更深了。在她下方一点点的地方，有个石块从泥巴里冒出一点头来，那似乎是最好的起跳点。

"我先跳过去，然后是你。"她告诉他。

"好。"

"现在我要把树枝丢了。"

"好。"

她在心里默数。一……二……

数到三的时候，她丢掉树枝，但仍抓着午餐包。她的脚滑了一下，不过转身的时候稳住了，然后重重踩在那块

石头上。

那块石头立刻塌陷，塔玛亚随即摔倒，然后整个人滚向泥滩，两只膝盖重重撞上陡坡，泥巴快要吞噬她的刹那，她赶紧闭上双眼。

她的脚碰到谷底，她强迫自己把头伸出泥淖，两眼仍然紧闭着。她感觉温热的淤泥黏着她的脸和眼睑，虽尝试挪动身子，却怎么也动不了。

"你跳过去了吗？"查德喊道。

"没有！"她尖声说，"我被黏住了！"

她觉得牙齿和牙龈黏着沙砾，味道就好像洗甲水。她拼命把它吐掉。

"帮我一下！"她喊完又吐了一口。

"我不知道该怎么帮！我该怎么做？"

"拉我出来！"

查德好一会儿没有回答，然后她听见他发出的声音，他俩从来没有靠得这么近过。"你看能不能抓住树枝！"

她伸出胳膊，却什么东西也抓不到。"抓哪里？树枝在哪里？"

那根树枝一打到她的头就断了一截。

$$2 \times 16{,}777{,}216 = 33{,}554{,}432$$
$$2 \times 33{,}554{,}432 = 67{,}108{,}864$$

29

拯救塔玛亚

11月3日　星期三　下午 3:33

塔玛亚卡在溪谷里大声呼救，查德却拿树枝打她。从站在山坡上的马修眼里看来就是这样。

"嘿，别打她！"他喊道，但他们相隔太远，根本听不到。

他匆匆跑下山，同时左拍右打身边的树枝，以此缓冲下滑的势头。

查德继续疯了似的把树枝胡乱地东戳西戳。

"别打她了！"他又喊。

他们还是听不到。

走到陡降坡时，他用球鞋边缘踩进土里，像滑雪那样左弯右拐，朝溪谷下滑。

"查德！"他吆喝道。

乱戳一气的查德瞬间停手。

"如果你还想打谁，就打我好了！"马修挑战他。

"马修！"塔玛亚尖叫道，"救我！"

"把树枝丢掉！"他命令着，同时慢慢往底下走。

查德继续甩动树枝。"我是在想办法帮她。"

"我说别打她了！"

"那个泥巴真的很可怕，马修，"塔玛亚对他喊道，"查德眼睛瞎了，他想要把树枝递给我！"

马修终于头一次看见查德肿胀的脸上那些吓人的水泡。瞎了？为了设法理解眼前的状况，他不得不从里到外，反复琢磨闪过心头的想法。

"我快到了，"他喊道，"别拿树枝乱戳了！"他滑过最后一英尺来到了溪谷边，然后伸手拼命想要够到塔玛亚。"我到了，"他说，"伸出你的手。"

她离得太远了。"小心别碰到泥巴。"她警告他。

他才不在乎自己。伸长手臂去抓她的手时，他一脚滑进溪谷的淤泥。当他和塔玛亚的指尖相碰时，泥巴早已盖过他的膝盖，而她脸上糊满了泥巴，眼睛闭得死死的。

"朝我靠过来一点。"他一点一点靠近的时候催促道。

她弯身朝他靠过去。

他抓住她的手。"抓到你了！"

他用力拉，她却分毫不动。"走一步试试看。"他为她

FUZZY MUD

打气。

"我在走啊！"她尖声说。

一点用也没有。他看看站在对面一动不动的查德。"查德，我们需要你。"

"我不行。"查德回答。

"不行也得行。"马修说。

查德试探性地跨出一步，然后又停住了。"我不行。"他重复道。

马修放开塔玛亚。哪怕只是抽出一只脚也耗费了他全身的力气，他沿溪谷侧边移动，直到跟塔玛亚之间隔开一段安全距离。

"朝我的声音跳过来，"他告诉查德，"用力跳得越远越好。"

"我不行。"

"跳就是了，你这个吮大拇指的胆小鬼！"

"嘿！"查德叫道，随即朝他飞冲过来。

马修趁他落地时抓住他的胳膊，免得他往后倒入溪谷。"快啊！"他怂恿道。

他领着查德回到塔玛亚身边，两人并肩踩进泥淖。

塔玛亚张开双臂。

马修抓住一只手，查德摸到另一只。

他俩一起使劲拉，她还是纹丝不动。

"继续拉！"马修催促道。

从查德体内某个地方发出低沉的咕哝声。塔玛亚总算是移动了一点点。

他们继续拉。又一声低沉的咕哝声，塔玛亚走了一小步，然后再一步。

"把手放我肩膀上。"马修告诉她。她照做的时候，他一只胳膊抱住她的腰，接着将她拦腰拉起，终于挣脱了那摊烂泥巴。

$$2 \times 67,108,864 = 134,217,728$$
$$2 \times 134,217,728 = 268,435,456$$

30

世界漆黑一片

11月3日　星期三　下午 3:55

马修脱下毛衣用来抹掉糊住塔玛亚眼睛的泥巴。他和查德两人好不容易把塔玛亚拉到平缓的山坡。这时查德低头坐着,呼吸吃力且忽快忽慢。

马修轻轻地擦拭塔玛亚的眼皮时,塔玛亚隔着毛衣的织线仍能感觉到他手指的力道。

"好了。"他轻声对她说道。

她不敢睁开眼睛。

"不管怎样,我都会带你回家。"马修向她保证。

她静静听了一会儿查德刺耳的呼吸声,然后才容许自己睁开眼睛。

起初马修看起来模糊不清,但那可能是因为她眼睛闭得太紧也太久了。她眨眨眼。他的脸很苍白，很担心。

"我看得见你。"她告诉他。

他对她微微一笑。

她拿走他手中的毛衣，先擦掉她脸上其他部位的泥巴，接着再擦拭她的脖子和胳膊。虽然这也无法阻止泥巴里的可怕东西，不管它是什么，但知道自己很快就要回家，她已经觉得够安慰了。到时她就可以洗澡洗头，然后去看桑切士医生。

"来，这个也给你擦。"马修说着把学校的衬衫拉过脑袋，脱掉的同时也把它翻到反面。

"不，你会着凉的。"

"我没事。"

她接过他的衬衫，用来清理她嘴巴里面。她拿它擦拭牙齿和牙龈，拿它裹住舌头，然后来回扭转。

她清理她的耳朵，再是她的鼻子，用衬衫包住小拇指后，一一伸进鼻孔里擦拭。

"给你，谢谢。"她说，但马修只举起双手。

她任衬衫掉在地上。

马修扶查德站起来的时候，他呻吟了一声。

"你还好吗？"她问。

"好得不能再好了。"他声音刺耳地说。

她希望他还有力气走回去，天色已经暗下来了。

马修握着查德的手臂扶他走上小丘，塔玛亚走在马修另一边。

"马修，你是好人，"查德说，"我对不起你……"

他的声音越来越小，塔玛亚好担心他会不会昏过去，可是后来他似乎又有力气了。"你想知道我为什么恨你吗？"

"我早就知道了，"马修告诉他，"你以为我骂你骗人。"

"你骂我骗人？什么时候？"

塔玛亚光着的脚踩到一截尖锐的小树枝，但她按捺住疼痛，眼前要紧的是继续赶路。

马修提醒查德他曾吹牛骑摩托车直闯校长办公室的事。"我说'太扯了！'意思其实是，'哇，好酷！'而不是说你在撒谎。"

"哦，对，我知道，"查德说，"我只是故意叫你不好过而已。再说，我是在撒谎。摩托车我连坐都没坐过。"

马修边摇头边嘿嘿笑两声。

塔玛亚知道这是马修和查德之间的事，她应该置身事外，但是她实在忍不住要问。"那你为什么讨厌他啊？"她冲口而出，"他又没做对不起你的事！"

查德深吸一口气，然后口齿不清地说了什么，塔玛亚听起来好像是"千层面"。

"什么？"马修问。

"你的生日是9月29日。"查德说。

"你怎么知道？"

"你妈还煮了你最爱吃的菜。"

"千层面。"塔玛亚说，原来他真的说了那三个字。

"所以？"马修问。

"所以，你知道我生日是哪天吗？"查德问。

马修不知道。

"9月29日。"查德说。

塔玛亚还是听不大懂其中的关联。"所以你才讨厌马修？"她问道，"因为你们同一天过生日？"

"没有人煮千层面给我吃，"查德说，"没有人做任何事。想不想知道我爸说什么？'我们为什么要庆祝你出生的日子？'"

"太糟糕了。"马修说。

"那你也不应该讨厌马修啊！"塔玛亚很坚持。

"我不是说我应该，"查德说，"只是想解释一下而已。我觉得我欠你一个解释。"

塔玛亚用力想要理解查德的思考逻辑时，没穿鞋的脚突然踢到什么硬硬的东西，这回她再也按捺不住锥心的疼痛，痛呼一声跌倒在盖满落叶的地上。

马修和查德站在她身边。"你没事吧？"

她的脚阵阵抽痛，希望没跌断哪里。"啊，好痛。"她说，痛得眼睛、鼻子和嘴巴挤成一团。她深吸两口气，疼痛才渐渐消退一些。"光线实在太暗了，根本看不清踩在哪里！"

"你说什么啊？"马修问，"现在出太阳了，天很亮啊。"

塔玛亚闭上眼睛，一秒钟后她再睁开时，世界已经变成彻彻底底的黑暗。

$$2 \times 268,435,456 = 536,870,912$$
$$2 \times 536,870,912 = 1,073,741,824$$

真相即将揭晓

31

11月3日　星期三　傍晚

　　马修走在塔玛亚和查德中间，一只手扶着一个人。他只穿着一只鞋，另一只给了塔玛亚。他的鞋对塔玛亚来说实在太大了，尽管每走一步就"啪哒"一声，她还是很高兴多了一层保护。

　　近看的话，她仍看得见模糊的形状，就像查德形容的那样，不过必须是在她的正前方才行。她已记不清过了多久，不知道他们走了多远，或者还要走多远。

　　"你认得路吗？"她问马修。

　　"大概吧。"

　　"找一棵白色的、有根树枝突出来的树，它指向回去的路。"

"白色的树多的是。"

"还有一棵很高很大的树，树干上钉了木头，"她告诉他，"那是查德的树，所以他昨天才发现我们。"

"我不只有一棵树，"查德说，"我爬上一棵，然后看见另外一棵好像比较高，就会又爬上那一棵。我想找出这里最高的一棵树。"

"很酷。"马修说。

"是吗？我还以为你们全都会说那很蠢，好像我是小孩什么的。"

"才不会，那可是会吓死小孩的。"马修说。

"我就会吓死！"塔玛亚附和道。

"你？少来！"查德说，"你什么都不怕。哪天我带你们爬上去看看，树顶有几块木板可以坐。"

查德谈起他的树时，塔玛亚再一次听见他的声音又有了活力。

"看得到十几千米那么远。"查德说。

十几千米？想想好美呀，尤其是她和查德连眼前几英寸的东西都看不见的现在。

马修突然停住，塔玛亚感到他抓紧了自己的胳膊。

查德想必也感觉到了。"有什么不对？"他问。

"嘘！"马修轻声说道，"我听见什么声音了。"

塔玛亚仔细听着，听起来好像是树叶和尘土掉落的声

音。似乎有什么东西在动，一种动物，或是好几只动物。

"查德，"她悄声说，"你在树上的时候，是不是真的看见那个疯隐士和他的几匹狼？"

"我看见一个留胡子的家伙，没有狼。"

声音越来越大了，绝对不止一只动物。一只狗在叫，它朝他们跑过来了。更多狗叫的声音随即传来，是好几只狗同时发出的。

一只狗就在塔玛亚的面前吠叫。她畏缩着，但是马修说："它不会伤害你的。我想也许有人来救我们了。"

她听见远方一个男人的声音喊道："狗儿在往这里走！"

她弯腰试探性地伸手去摸那柔软、温暖的毛皮，温热的舌头舔着她的脸。

"哦，别舔。"她说，不希望狗儿传染到她的红疹。

"他们在这里！"一个人高声喊道，然后她听到好多人同时讲话的声音。"你们有没有受伤？""你们怎么到这里的？""有没有人伤害你们？"

"他们两个眼睛都瞎了，"马修说，"树林的泥巴里面有很不好的东西。"

她听见好像有人在讲电话。"我们找到他们了。三个都找到了，两个男孩，一个女孩。我们需要救护车。他们说没有人挟持他们，但我们还会继续搜寻。"

塔玛亚感觉有人把手放在她的肩上。"你现在安全了，"

一个男人的声音说，"我要抱着你回学校，然后他们会送你去医院。"

"小心，我身上都是泥巴。"她警告道。

那人"咯咯"笑着说："一点泥巴又不会伤人。"

她感到他的双臂环着她，然后把她从地上抱起来。

纵使塔玛亚很想解释，但她实在太冷、太疲倦，全身又太酸疼，反正这会儿已经来不及了。她让自己倒在他温暖的羊毛外套中。他很快就会发现泥巴的事。他们都会的。

他抱着她走出森林之际，她问起每只狗儿的名字。

"你刚才拍的那只叫马波小姐，还有尼罗、夏洛克、洛克福。取的都是著名侦探的名字。"

"因为它们都很会找失踪的人？"

"它们是最棒的。"

"我最喜欢狗了。"塔玛亚说。

32

未知的主宰者

希斯崖灾难听证会于救难人员抱着塔玛亚走出树林的三个月后举行，以下为该听证会摘录内容：

赖特参议员：你能不能确定这些有机体其实就是清净生质燃料里的"洁能小子"？

李琼恩博士（国立卫生研究院的研究科学家）：DNA几乎一模一样，但不完全相同。我们认为它们是清净生质燃料中"洁能小子"的突变种。

傅迪参议员：可是地球上不是有千百万种不同的微生物活着吗？

李琼恩博士：是。

傅迪参议员：而且其中的大部分从来没有人研究过。

李琼恩博士：没错。在我们的生物圈中，科学家目前只能识别大约百分之五的微生物。

傅迪参议员：所以在长毛的泥巴中发现的有机体，难道不可能从这些我们不认识的微生物中自然演化出来？

李琼恩博士：不可能，可能性非常小。

傅迪参议员：但不是没有可能？

李琼恩博士：可能性非常小。如果它是自然演化出来的，那么它几乎可以适应寒冷的气候。

傅迪参议员：造成突变的原因是什么？怎么发生的？

李琼恩博士：我也说不准。每次细胞分裂的时候，都有极小极小发生突变的可能性。不过随时有十亿、百亿、千亿的分裂不断地发生，那就势必产生突变。

傅迪参议员：这个可能是突变的"洁能小子"究竟是怎么从阳光农场跑到希斯崖的树林里的？

李琼恩博士：我们还是不知道。一只昆虫、一只鸟、一阵风——什么都有可能把突变种携带过去。

赖特参议员：就算你说的都是真的，李博士，这才是重要的问题：原始的"洁能小子"危不危险？我说的是目前用于清净生质燃料中的"洁能小子"，不是突变种。它对人或环境危不危险？

李琼恩博士：不危险，因为原始的"洁能小子"无法

在氧气中生存，没有危险。但就像我说的，突变会发生，至于未来会有什么样的突变，我不敢说。但可以肯定的是，一定会有更多的突变。

赖特参议员：博士，谢谢你前来作证，也谢谢你在国立卫生研究院的努力。全国人民都非常感激你和你工作的单位能够找出治愈这种可怕疾病的方法。

李琼恩博士：谢谢，不过这其实是当地兽医邝医生的功劳，是他发现的治疗方法。国立卫生研究院只是帮忙做测试和大量生产罢了，你应该感谢邝医生。

何廷斯参议员：不好意思，你刚才说邝医生是一位兽医？

李琼恩博士：动物和人一样病得很重。要不是邝医生，我想未来地球将会由乌龟主宰吧。

33

医院外的暴风雨

那个救了塔玛亚的人确实很快就发现了，全世界的人都已发现那些泥巴的事。

孩子们获救还不到几个小时，参与搜索的人开始一个个长出红疹：一个个小小的、凸起的红点，有着刺刺痛痛的感觉。第二天早上醒来的时候，肿起的红点变成水泡，床单上都是跟肤色一样颜色的神秘粉末。原来那些粉末就是他们的皮肤，或者说就是被那些突变种"洁能小子"吃掉"好料"后剩下的东西。

塔玛亚、查德和马修被找到的一个星期后，希斯崖小镇有多达五百个红疹病例。两周后，病人增加到一万五千名。

许多人直到太晚才就医治疗。这种红疹最危险的地方就是它不会痛，只有轻微一点刺痛的感觉。通常神经细胞会把疼痛的讯号传送给大脑，可是那微生物把细胞传送讯号的部分吃掉了，好像电话线被切断一样。神经细胞高声呐喊着："救命！警告！危险！"然而大脑却什么也没收到。

几乎在塔玛亚、马修和查德被送上救护车的同时，救难搜索队找到一具尸体，死者就是那位住在树林里、胡子留得很长的人。

* * *

三个失踪的孩子火速被送到希斯崖地区医院。他们从塔玛亚的头发和衣服上采集泥巴样本，然后送到亚特兰大的疾病管制与防治中心，以及马里兰州贝塞斯达的国立卫生研究院。她的手和手臂的照片、查德脸部的照片，也都以电子邮件寄到了那些机构。

医生查遍了医学书籍和因特网，却怎么也找不到这种红疹的纪录，更不知道治疗的方法。他们能为塔玛亚做的，顶多是让她保持极端的干净。

她浑身上下被清洁得十分彻底，头发全部剪掉，脑袋瓜刮得干干净净。接下来的几个星期，她得夜以继日地擦酒精海绵澡，从早上、中午到晚上，每隔两小时就有一位护士帮她用海绵全身涂抹酒精擦澡。擦完澡后，她还得用一种特别的漱口水清洗嘴巴，那味道不但可怕，漱起来又

刺又痛，可她又必须含在嘴里一分钟才可以吐掉。不过她一点也不介意。那味道浓烈极了。

她妈妈到医院探视她，后来她爸爸也来了，但两人都不准碰她。她告诉他们说她很抱歉，然而他们却一再说他们多么为她骄傲。

后来，这种传染病迅速遍及希斯崖，于是院方不准任何访客到医院探病，包括她的父母。但她仍然可以跟他们打电话，那部手机是她爸爸给她的。

她的视觉没有进一步恶化。如果她把手放在面前，她认得那是她的手，但那也可能是因为她知道那是她的手。医生试过各种不同的形状和物品，她都能正确辨识出圆形、方形和三角形，不过当医生拿一只女人穿的高跟鞋给她看的时候，她却以为是香蕉。

她不时问起马修和查德。她听说马修状况不错，但他们却不允许她去看他。

查德的状况非常严重，她只打听到这么多。他们告诉她说，倘若他再晚二十分钟到医院的话，说不定就活不成了。

她一句抱怨也没有。偶尔感到害怕的时候，她会把伍德中学逼他们背诵的十大品德念了一遍又一遍：慈悲、整洁、勇气、同理心、优雅、谦卑、诚实、耐心、审慎和节制。在一定程度上，她认为要是自己真的真的很乖，红疹就会

消失，她也就可以重新看见。然而在她内心深处，她也已经做好最坏的打算。万一她的状况没有好转，她希望自己以勇气、耐心和优雅面对世界。

她已渐渐学会分辨照顾她的好几名护士，不仅是从她们的声音，也从她们走进病房帮她用海绵擦澡时发出的声响。大家不断地请她放心，说全国顶尖的科学家正在努力研究治疗的药方。

她身边的每一个人都表现得很镇定，很让人安心。只有在和蒙妮卡打电话时，她才发现病房之外的世界早已彻头彻尾吓疯了。

"到处都是长毛的泥巴！"蒙妮卡告诉她，"学校关闭了，不光是伍德中学，所有的学校都关闭了。没有人出门。其实我连跟你讲电话都不准，因为我妈很怕那些科学怪菌会从电话线里冲过来！"

* * *

大家管它叫"长毛的泥巴"，这是塔玛亚刚到医院时的叫法。这会儿哪怕是希斯崖随处可见、身穿生化防护衣的科学家也这么叫它。曾经任职阳光农场的杭巴博士上遍每一个有线电台的新闻节目，或许这就是为什么那些变种微生物成了大家所说的科学怪菌吧。

医院已经没有空病房，学校因此就变成了红疹治疗中心。教室和餐厅里搭起帆布床，挂起暂时充当隔间的床

单，给夜以继日擦酒精海绵澡的病人一点隐私。为病患擦澡、奉献牺牲的护士们也都穿上了全套的生化防护衣。

总统下令希斯崖及其周遭地区实行隔离，任何人无论是否出现红疹症状都不准离开，机场与火车站统统关闭，宾州国民警卫队在所有的道路与高速公路上巡逻。

惊奇的发现

34

11 月 23 日　星期二

马波小姐躺在邝医生办公室的条板箱里。邝医生站在条板箱旁边，手中握着皮下注射针。他很高兴可怜的狗儿睡着了。睡着的时候才不会感到痛苦。

澳洲牧羊犬、中国松狮犬，还有不知什么犬混种的马波小姐本来有一身厚厚的灰毛，还掺杂了白、黑、褐色斑点。现在它的毛大多已经脱落，裸露的皮肤上长满了水泡，而且它变得既聋又瞎。

睡梦中的马波小姐正在树林中奔跑。搜寻那些失踪小孩的时候，它所有的感官知觉都处于警戒巅峰。它飞也似的冲过满地落叶，叶子被它的爪子踢飞起来。它开心又得意地吠叫着，还舔了舔那失踪小女孩的脸。

在邝医生听来，它梦中得意的狗吠声犹如可怜的呜咽。他小心翼翼地打开条板箱，不想把它吵醒。

现在他得独自努力。他的两个兽医技师都染上红疹病倒了，于是他让其他人待在家里。他戴了手套，穿了靴子，但没有穿上生化防护衣。他不想吓到动物。

马波小姐仍然察觉出他在身边。它的尾巴无力地在条板箱的底板打了一下。

"嘿，小姐。"他说着拍拍狗儿，真希望自己不必戴手套。他想，狗儿至少值得感受到人类温暖的接触吧。

他把注射针准备好了。

红疹对动物的伤害比对人类更严重，因为它们不洗澡。不只是猫狗受创，邝医生还看见许多其他染病的动物，包括仓鼠、兔子、一只雪貂，甚至还有一只名叫潘娜的臭鼬。

悲哀的是，除了结束它们的痛苦外，他什么忙也帮不上。在过去的两个星期中，他已经让二十几只宠物安乐死去。

不过有一只动物却好像没有出现这些可怕的症状。邝医生养了一只名叫莫里斯的乌龟。莫里斯被后院一小摊长毛的泥巴黏住了，他不得不用铲子才把它撬起来。过了三天，那只乌龟没有冒出一颗红疹。

邝医生把莫里斯的皮肤和他取自一些染病动物的皮肤样本，用他小小实验室的显微镜仔细比对后，发现莫里斯的皮肤细胞中有一种其他动物皮肤细胞都没有的酶。

马波小姐转头看他。

"你是一只很棒的狗。"他说。

他把注射针插入它的右后腿，将从乌龟体内提取的酶注射到它的体内。

塔玛亚睁开双眼

12月6日　星期一

塔玛亚是第一个人类实验病例。她父母跟负责实验的医师谈过，他也已经警告他们药方在动物身上虽然奏效，但也无法保证对人一样管用。尽管如此，他们还有什么选择？

塔玛亚尽量不让自己抱太大的希望，不过她在得知马波小姐已经完全康复之后高兴极了。她非常爱那只狗。

她每天注射两剂乌龟酶。每天都有好多医生和护士频频到她病房查看她的状况，而且每次都问她叫什么名字。过了一段时间之后，她开始觉得很不高兴。她明白还有许多别的病人，每位医生也都忙得要命，不过这个实验太重要了，他们起码应该记住她的名字吧！

她跟她最喜欢的护士朗达提起这件事，她只是哈哈笑。

FUZZY MUD

"他们知道你的名字，"朗达告诉她，"他们只是在测试你的记忆力。人类体内通常没有这类酶，医生们是担心可能有什么副作用。"

"说不定我会长出一个龟壳，像乌龟一样。"塔玛亚开玩笑说。

朗达又笑了。"那一定很可爱，"她说，"而且实用。"

"累的时候，我就缩进壳里睡一觉。"塔玛亚十分赞同地说。

别的护士在塔玛亚面前总是尽可能表现出一副开心和自信的模样，但她看得出她们是装出来的。她不怪她们。她明白自己看起来肯定吓死人了，不但头上没有头发，皮肤上还长满了水泡。可是朗达没有假装，她把塔玛亚当正常人一样聊天和开玩笑。

除了说出自己的姓名，医生们也请她说出家里的地址和电话号码。他们问她乔治·华盛顿是谁，还让她在脑中算一些数学题目：五乘以七，二十六除以二。

他们听她的心跳与肺部的声音，量她的体温，检查她的血压，还叫她转圈，碰自己的脚趾。

她渐渐越来越容易辨认医生拿到她面前的形状，尽管如此，仍不见得表示药方奏效。经过几个星期的练习，她的大脑或许只是学会解读模糊的图像。她也几乎再没有刺痛的感觉，不过那可能是她的大脑学会把刺痛感阻绝在外而已。

"马波小姐过了多久才好一点？"她问其中一位医生。

"人和狗不一样。"那医生说道，没有回答她的问题。

她问起查德，他说查德已经换到医院另一区的病房。她知道那是什么意思。

她睡眠的时间很零碎，从来无法久睡，即使睡着也总是被吵醒，不是擦酒精海绵澡，就是打针，要不就是更多的测验。

一天夜里，也可能是白天，她做了个很怪异的梦。她病房里来了个男人，他看起来似乎不像是医生，她也不知道他是谁。他说他的名字叫费兹。

"很怪的名字。"

"我是个怪人。"他说完还呵呵一笑。

他每次说话，声音都从病房的另一头飘过来，可能是因为他在到处走动。不过在塔玛亚的印象中，他好像是飘浮在半空中的幽灵。

"你想要任何东西吗？"他问。

"不用，谢谢。"

"你确定吗？"他问，"我说任何东西的时候，指的就是任何东西！我很快就会变得非常非常有钱。比如，或许就是全世界最富有的人。"

突然响起一阵铿铿锵锵的噪音。

"什么声音啊？"

"没事。"他说。

听起来像是他已经趴在地上了。

"我刚刚把一罐木片碰倒了，就是那种塞到嘴巴里然后说'啊'的木片。"

"听起来你正在把它们放回罐子里。"

"我不想把这里弄得乱七八糟。"

"你或许应该把它们丢掉，"塔玛亚告诉他，"我觉得你不该把掉在地上的木片又拿起来放进别人嘴里。"

"哦，对。"他同意道。

她听见它们被丢进垃圾桶的声音。

"所以，我可以买任何东西给你吗？"现在他的声音凑得很近了。

"不用，谢谢。"

"我也什么都不要，"他说，听起来挺伤感的，"你会以为很有钱的人说不定想要买些什么东西，是不是？"

"是。"

"嗯，我不想。"

现在他的声音又变得很遥远。

"我只喜欢想通事情。我喜欢科学，你喜不喜欢？"

"还可以。"

"你最喜欢什么学科？"

"阅读吧，"她告诉他，"我也喜欢写作。我希望有一天能当个作家。"

"很棒啊。你还是可以当作家，对不对？我的意思是就算你看不见的话？你可以对着电脑说话，然后它会帮你写下来。"

"不知道。我写的跟说的不一样。"

"我懂你的意思。我想的跟说的也不一样，就像我脑子里充满各种点子，但有时候连嘴里冒出来的话都不认得。"

"我听得懂你说的话。"塔玛亚说。

"很好。你真的不要我帮你买任何东西？一架钢琴？一座古董老爷落地钟？"

"我只要病好起来。"

"我也是。我希望每个病人都好起来。我想帮助人，而不是引发一场蔓延全世界的传染病。"

他听起来很悲伤。塔玛亚很希望她有想要的东西。"喔，我知道了！"她突然记起来，"我需要一件新的学校制服毛衣。"

* * *

朗达给她擦了一会儿酒精海绵澡之后她才醒来。一想到刚刚做的梦，她不禁笑了。

"什么事这么好笑？"朗达问。

"没事。"一座古董老爷落地钟？一架钢琴？

海绵澡擦得好舒服。

她常常不知道自己的眼睛到底有没有睁开，所以非得想一想才行。现在她张开眼睛了。

眼前的世界是满满的光亮和缤纷的色彩。朗达有一头红

色的头发和一双深色的眼睛，墙壁是黄色的。

塔玛亚开始发抖。

"哪里不舒服？"朗达问道。

每样东西看起来还是很模糊，却是光线很亮的模糊。

"塔玛亚，你还好吧？"朗达又问了一遍。

她怕自己可能还在做梦。她怯怯地小声说话，几乎是害怕自己一开口，眼前的世界又恢复黑暗了。

"朗达，我看得见你，"她说，绚丽的世界仍然存在，她浑身颤抖得更厉害了，"我看得见了。"

朗达也开始浑身发抖。她使劲把塔玛亚搂得紧紧的，虽然这违反了医院的规定。

"你得打电话给你妈妈！"她宣布道，"我去找医生。你快打电话给你妈妈！"她又搂了塔玛亚一下，这才把床边小桌上的手机拿给她。

"现在几点？"塔玛亚问，"你确定时间不会太晚？"

"多晚都没关系，"朗达说，"现在就打！"

* * *

凌晨 3 点 45 分，塔玛亚的母亲被电话的铃声吓醒。她立刻满心惊惧，好不容易才鼓起勇气接了电话，同时试着准备承受最坏的结果。

"喂？"

"嘿，妈妈，猜猜怎么了？"

36

永远不会醒来

　　两天后，下了第一场雪。塔玛亚仍然分不出一片片雪花，但她已经看得见医院窗外一道道灰色和白色的之字形痕迹。

　　好美。哪怕午餐的绿色果冻里离奇地多了一根凉拌卷心菜，她也觉得眼中的世界美丽极了。

　　朗达领着她来到餐厅隔壁的户外露台。她的小平头上戴了滑雪帽，她就这样躺在水泥地上用舌头接住雪花。

＊ ＊ ＊

　　大雪连下四天。塔玛亚得知马修也已经开始接受邝医生的注射药方，而且病情改善了许多。似乎没有人知道查德的任何状况，她也不敢问，害怕可能问到的结果。

她的医生给她戴的黑框眼镜对她来说实在太大了。她头一次把他看得清清楚楚时，差点昏倒。他有一双温柔的褐色眼睛和一头鬈发，甚至比副校长法兰克斯先生更帅。

"他看着我的时候，我慌乱不安而且舌头打结。"她在电话里告诉蒙妮卡，"好在我以前不知道他的长相，不然大家以为我会有各种可怕的副作用，搞不好连自己的名字都会忘掉！"

蒙妮卡哈哈大笑。

"听起来你好像没以前那么害怕了。"塔玛亚发现了。

"我知道，我想是因为到处都是雪。我的意思是，我知道树林里那些烂泥巴还在，埋在雪底下，但一切似乎比较安全。而且我好高兴你几乎完全好了！"

塔玛亚听见她最要好的朋友声音有点沙哑，听起来像是在哭，塔玛亚也哭了起来，哭完两人都笑自己刚才在哭。她俩又讲了一会儿电话，又是哭，又是笑的。

* * *

12月底的一天，塔玛亚的医生在她看电视的时候检查她的脉搏。

一台电视挂在她病房一角的天花板上。她感觉心跳因为他的碰触而加快，希望别让测量发生偏差才好。

一则来自宾州希斯崖的最新报道打断了正在播出的电视节目。她的医生放开她的手腕，拿起遥控器调高了音量。

一个男人站在学校后面的树林边缘，被记者重重包围着。电视荧幕下方的字幕说，他是疾病预防控制中心的副局长彼得·史密斯博士。看着电视上播出自己学校发生的事，塔玛亚感觉很怪。医院的窗外正在飘雪，她也看见雪花落在电视里那个人身上。一脸浓密大胡子的他手里拿着一把铲子，塔玛亚怎么看他都不像博士，反倒像个伐木的樵夫。

那人一铲铲进雪地，随即徒手探进土里，捞起一大块黏乎乎的黑色烂泥巴。

"长毛的泥巴，"他说，一根根结晶的冰凌黏在他的胡子上，塔玛亚看得见他呼出的寒气，"我手中握着十亿个你们所说的科学怪菌。"

看见他抓着如同她以前抓在手中的一把泥巴，塔玛亚顿时觉得全身刺痒起来。

"我很开心地跟各位报告，每一个科学怪菌都死了，"那人说，"这种有机体无法在冰点以下存活。"

塔玛亚和医生互望一眼。"这可能是真的吗？"

好几位记者鼓起掌来，塔玛亚还听见医院其他病房里传来了喝彩声。

"这是否表示危机已经结束？"一名记者问道。

史密斯博士还没回答，电视机下方的跑马灯已经宣告危机结束了！科学怪菌全都死了！

塔玛亚怀疑他们怎么如此有把握。说不定那些科学怪

菌只是在冬眠啊，就像熊一样。

"您怎么知道它们不只是休眠罢了？"一名记者问，简直像是在传达塔玛亚的想法，"您怎么知道它们不会等天气变暖和之后又醒过来？"

"我们在实验室里仔细检查过，我本人也亲自透过显微镜看过崩解的细胞膜。我向你保证，它们不会醒过来。"

塔玛亚仍然怀疑，他怎么知道它们全部死掉了呢？说不定在深深的积雪底下，有一个科学怪菌还活着呢？

"当然，疾控局会继续监控状况，"史密斯博士说，"虽然极其不可能，另一种突变也可能发生。说不定在这里某个地方，有个变种'洁能小子'能够在极冷的环境中存活下来。等雪融化之后，我们会知道更多。"

$$2 \times 1 = 2$$

下一个就是你

37

12 月 30 日　星期四

隔离解除了。

在国立卫生研究院的指导之下，邝医生的药方开始大量生产。它成功治疗了感染狄瓦娣水泡红疹的六万多名人畜，现在这个特殊疾病的正式名称就是"狄瓦娣水泡红疹"。最新的医学书籍中也增列了塔玛亚·狄瓦娣复原之前与之后的皮肤照片。

*　*　*

塔玛亚和马修出院两周以后回到医院，这次他们是回来探望病人的。塔玛亚带来手工自制的草莓果酱当作送给医生和护士迟来的圣诞礼物，马修则拿了一个装食物的塑料容器。

塔玛亚还戴着眼镜，不过蒙妮卡圣诞节送了她一副新的，有着霓虹绿色半透明的镜框。蒙妮卡告诉她说那副眼镜 très chic，是法文"非常时髦"的意思。

塔玛亚的头发开始慢慢长出来了，她在她所说的长毛的头上戴了一顶粉红色的无边帽。她的双手和手臂上还有一些疤痕，不过医生说颜色会渐渐褪掉。她脸上留下一个痘疤，但她朋友桑玛坚持说那只让她变得更漂亮。

"为了完美，每个女人都需要一点不完美。"桑玛这么告诉她。

这话听在塔玛亚耳里虽然矛盾，不过还挺顺耳的。

* * *

塔玛亚把草莓果酱送给朗达的时候，朗达说也有东西要给她。

她递给她一个扁扁的纸盒。塔玛亚打开后，发现是一件新的学校制服毛衣。

"你怎么知道？"她不记得曾经跟朗达提过毛衣的事，"你不该破费的，太贵了。"

"不是我送的，"朗达解释道，"盒子是昨天送来的。我还一直想该怎么拿给你呢。"

塔玛亚找到一张小卡片，上面写着：给一位品德与勇气非凡的女孩。署名：你的朋友，费兹。

"费兹是谁啊？"凑在她背后读卡片的马修问。

FUZZY MUD

"我还以为是在做梦，"塔玛亚既惊讶又疑惑，"好在我没跟他要钢琴。"

"什么？"马修问。

* * *

查德·希里葛斯是少数几个还在住院的红疹病患。他脸上的皮肤受损太严重了，于是被转到治疗严重烧烫伤病患的专属病房。

塔玛亚一敲门，门就打开了。"哈喽？"她进门时说。马修已经不在她身边。

身穿绿色条纹睡衣裤的查德坐在床上，一道阳光穿过窗户射入病房，照亮了一束灰尘微粒，也慷慨地照在他那满是疤痕的脸上。他戴着一副医院为他配的黑框眼镜。

塔玛亚很高兴看见那副眼镜。要是他看不见的话，就不用戴眼镜了。

"塔玛亚！"他说。

她很怕他因为被她害成这样，会不会又开始讨厌她了，但是他看到她来看自己似乎很开心。

"嗨，查德。"她放下装毛衣的纸盒，然后把双手插在牛仔裤后面的口袋里，"你还好吗？"

"我的嘴不可以动得太厉害，"他说，看得出他说话时脸部刻意保持不动，"他们不得不把我身体其他部位的皮肤移植到我脸上。"

"哦，"塔玛亚说，"你看起来还是很像原来的你。"她让他觉得很安心。

"叫我'屁脸'就好。"他说。

她大吃一惊。"你是说他们……"她用一只手捂住嘴，"至少你觉得滑稽，没有发火还是什么的。"

"现在什么事都不会惹我发火，"他说，"这很奇怪。自从我又看得见以后，世界看起来比以前美好多了。"

"我懂你的意思，"塔玛亚同意道，"一切都变得好美。"

"希望能持续下去。"查德说。

"我也是。"塔玛亚说。

她不确定查德的意思是希望这个世界持续下去，还是希望世界持续美好下去。无论是哪个，她都同意。

马修倒着走进病房时，把房门推得大开。他一转身，只见手中正捧着一托盘意大利千层面。

"护士借我用他们的微波炉。"

"生日快乐！"塔玛亚大声喊道。

查德没说话。他愣愣地望着那盘食物，接着看看马修，再看看塔玛亚，然后再看看马修。

"他不可以说话。"塔玛亚告诉马修，接着又小声说道，"他屁股上的皮肤被移植到脸上了。"

查德掀开被子，然后慢慢下床。他一步步走向马修，马修放下托盘紧张地往后退。

可能是因为科学怪菌谈得太多，但眼看他那张僵硬的、满是伤疤的脸，再加上这会儿他又把两只胳臂张得开开的，塔玛亚觉得查德真有点像科学怪人。

马修一直后退到墙壁，查德紧抓住马修的肩膀，把他拉近自己，然后搂得他死死的。

"谢谢你，老兄。"查德说。

马修身子一扭，挣脱他的拥抱。"是塔玛亚的主意。"

马修难为情的模样把塔玛亚逗笑了，她纳闷男生为什么老是对拥抱别别扭扭。接着查德的眼睛盯着她看的时候，她的心跳停了一拍。他张开双臂，说出以前对她说过的一句话。

"下一个就是你，塔玛亚。"

38 拯救全世界

以下证词摘自希斯崖灾难听证会之文字记录：

何廷斯参议员：所以当你回到树林去找查德的时候，又看见更多那种泥巴？

塔玛亚·狄瓦娣：对。几乎每个地方都看得到！不过可能第一天就那么多了，只是当时没注意去看而已。

赖特参议员：请直接对着麦克风说话，塔玛亚。我们听不太清楚你说什么。

塔玛亚·狄瓦娣：对不起。我是说我第一次走进树林的时候，不知道有长毛的泥巴，所以没有注意去看。当时满脑子只想要走出树林而已。

何廷斯参议员：因为进入树林违反校规？

塔玛亚·狄瓦娣：但我也不准一个人回家。

何廷斯参议员：一个霍布森选择。

塔玛亚·狄瓦娣：我不懂您是什么意思。

何廷斯参议员：霍布森选择的意思就是你有两个选择，但两个选择都不好。

塔玛亚·狄瓦娣：对，两个选择都不好。

赖特参议员：哦，塔玛亚，谨代表本委员会，我们非常高兴你选择跟随马修进入树林。你们两位可能拯救了全世界。

塔玛亚·狄瓦娣：可是每个人都因为我才得了红疹。

赖特参议员：不。从科学家告诉我们的一切看来，这场红疹疫情无论如何都会爆发，说不定再过一到两星期，就来不及遏止了。

何廷斯参议员：隔离政策也无法奏效。也许有人一脚踩到长毛的泥巴，上了飞机，飞到洛杉矶，或是巴黎，或是香港。这很可能爆发全世界的传染疫情，而且许多地方的温度不会降到冰点以下。

赖特参议员：多谢你、马修和查德，全国才能及早得到警告。

何廷斯参议员：塔玛亚，你是个非常勇敢的女孩。

塔玛亚·狄瓦娣：我才不勇敢。我很害怕。勇敢的是马修。

傅迪参议员：这个病以你的名字命名，感觉怎么样？

塔玛亚·狄瓦娣：很光荣……应该是吧？

尾声

千千万万年以来，人类生活在没有清净生质燃料的世界里。没有石油，没有核能电厂，没有电灯。水是干净的，夜空中是亿万颗闪烁的繁星。

当时世界上没有这么多人。

据估约在一千年以前，总共有三亿人活在这个世界上。直到 19 世纪 80 年代，世界人口才增加到十亿。可是到了 20 世纪 50 年代，人口却已超过两倍。1951 年，地球上已有多达二十五亿人居住。

到了 20 世纪 90 年代，世界人口再度倍增。2011 年，报道说世界上每天已有七十亿人在吃、喝、开车以及上厕所。

$$2 \times 7,000,000,000 = 14,000,000,000$$

$$2 \times 14,000,000,000 =$$

这也是为什么，哪怕是在希斯崖灾难发生之后，参议院能源与环境委员会仍全体一致决议支持继续制造清净生质燃料。该委员会面临的正是霍布森选择：如果不冒着爆发世界性灾难的危险，就是拱手放弃这种干净、负担得起的能源。他们的结论是灾难的风险极小。

他们希望如此。

强纳森·费兹曼向委员会保证一定会采取新的安全措施，包括每天从储存槽中取样测试有没有耐氧的"洁能小子"出现。即使只发现一个具有耐氧力的微生物，就必须立刻摧毁储存槽中所有的"洁能小子"。

不多久，公路上来回行驶的车辆都将以清净生质燃料为动力。阳光农场将在密西根、爱达荷与新墨西哥州成立新农场——这些选中的地点要不因为冬天寒冷，要不就是寸草不生。科学家分析这些科学怪菌之所以成长繁茂，就是归功于树林中的有机物质。这些"洁能小子"尤其喜欢刚刚落下的树叶。

* * *

从华盛顿特区回来之后一星期，塔玛亚仍然因为这次

的经验感到兴奋。大家都说她表现得多好，赞美她多么成熟稳重。蒙妮卡不断提醒她，说她成名了。

再回到树林仍然感觉很可怕，攀爬查德的树也很可怕，尤其是脚上还套着厚厚的雪靴，手上又戴着胖胖的手套时。查德在前，马修在后，两个男生满口答应，绝不会让她掉下去。她不敢往下看。

爬树、寒冷，再加上怕高，让她紧张得喘不过气来，但是当她爬到查德钉在树干上的十字木块时，却觉得兴奋极了。

"是不是好棒？"查德笑得格外灿烂。

"太帅了！"马修赞同地说。

塔玛亚紧抓着树干，同时眺望下方冰冻的林地。这个世界好美呀。她只希望它继续这么美丽下去……在雪融化之后。

迟交的作业

塔玛亚·狄瓦娣

308 教室

希斯崖地区医院

迟交的作业

如何吹气球

1. 拿起一只扁扁的气球（任何颜色都行）。你得用肺里的空气把气球吹起来。

2. 找到有圆洞的那一头。如果你把手指伸进去的话，你的手指就会在气球里面，但不要把手指伸进去。

3. 好。现在把有圆洞的那一头塞进你的嘴里。你的两片嘴唇应该紧紧贴着圆洞，这样你吹气的时候，气体才会全部吹进气球里，而不会把气漏到外面。

4. 好。用第一根和第二根指头捏住气球。不能捏得太紧，

否则空气吹不进去，也不能捏得太松，否则它会乱动。

5. 现在可以吹气了。

6. 重复第五步，直到气球吹鼓为止。

7. 每吹完一口气一定要吸气。记得吸气的时候，手指头必须捏紧气球，这样气才不会跑掉。

8. 好。现在你得绑住气球。那是最难的部分！用第一根和第二根指头紧紧捏住气球，以免气会跑掉。你的气球还剩一小截在那儿晃来晃去，把那一小截拉长后先在你的手指上绕一圈，然后把圆洞那一头穿到你手指头和包住指头那一截的中间打个结。

9. 抽出你的手指。气球吹好了。

图书在版编目（CIP）数据

烂泥怪 /（美）路易斯·萨奇尔著；赵永芬译 . —
昆明：晨光出版社，2022.3（2025.5 重印）
ISBN 978-7-5715-1375-7

Ⅰ . ①烂… Ⅱ . ①路… ②赵… Ⅲ . ①儿童小说 – 长
篇小说 – 美国 – 现代 Ⅳ . ① I712.84

中国版本图书馆 CIP 数据核字（2022）第 025326 号

著作权合同登记号 图字：23-2021-170号

LAN NI GUAI
烂 泥 怪

〔美〕路易斯·萨奇尔 著 赵永芬 译

出 版 人 杨旭恒

封面绘画 李广宇
内文绘画 竞仁文化
项目策划 禹田文化
版权编辑 陈 甜
责任编辑 李彦池
项目编辑 杨 博
美术编辑 沈秋阳
封面设计 萝 卜
版式设计 沈秋阳 常 跃

出 版 晨光出版社
地 址 昆明市环城西路 609 号新闻出版大楼
邮 编 650034
发行电话 （010）88356856 88356858
印 刷 北京润田金辉印刷有限公司
经 销 各地新华书店
版 次 2022 年 3 月第 1 版
印 次 2025 年 5 月第 8 次印刷
开 本 145mm×210mm 32 开
印 张 6
ISBN 978-7-5715-1375-7
字 数 106 千
定 价 22.00 元

退换声明：若有印刷质量问题，请及时和销售部门（010-88356856）联系退换。